UN ENFANT DE L'AMOUR

Cette édition de *Un enfant de l'amour*
est publiée par Succès du Livre Éditions
avec l'aimable autorisation de Flammarion SA

Titre original : *A love Child*
Éditeur d'origine : Flamingo, an imprint of
HarperCollinsPublishers

ISBN 13 : 9782738224385

Doris LESSING

UN ENFANT DE L'AMOUR

ROMAN

Traduit de l'anglais
par Isabelle D. Philippe

Un jeune homme descendit d'un train à Reading ; il donna à la valise qu'il tenait un mouvement si maladroit qu'elle faillit heurter le visage d'un autre jeune homme. Ce dernier se retourna en portant une main à sa tête pour donner plus de poids à son indignation, mais son froncement de sourcils s'effaça dans l'instant, et il s'écria :

— James Reid. Mais c'est Jimmy Reid !

Tous deux se serrèrent la main et se tapèrent dans le dos dans le nuage de vapeur qui s'échappait en sifflant de la motrice.

Deux ans plus tôt ils avaient été ensemble au lycée. Depuis cette époque, James suivait des cours de gestion et de comptabilité ; il avait salué la nouvelle que Donald « faisait de la politique » par un « Bravo, un métier qui paie bien ! » Car Donald avait toujours su tirer parti des aubaines qui se présentaient à lui, des voyages et des circonstances, alors que lui, James, continuait à compter chaque sou. « Nous allons devoir compter chaque sou, j'en ai peur. » C'était ce qu'il entendait à la maison, bien trop souvent. Et, il en était à présent persuadé, la plupart du temps sans raison.

Donald avait brillé dans des débats d'opinion et dans le monde du théâtre, puis fondé une revue intitulée *New Socialist Thought*[1]. James, de son côté, n'avait jamais eu une idée bien précise de ce qu'il voulait faire. Il lui suffisait de ne pas être obligé de rester assis à un bureau de neuf à cinq. Sa mère lui avait seriné : « Passe ton bac, chéri, il te sera utile. » Son père, lui, répétait : « Ne perds pas ton temps à l'université, tu apprendras davantage à l'école de la vie. » Même s'ils n'avaient pas eu les moyens de lui payer l'université.

— Où vas-tu comme ça ? lui demanda Donald.

— Je rentre chez moi.

— Tu as l'air bien sombre. Quelque chose ne va pas ?

À Donald, cet être aimable dont le visage rond et souriant invitait à la franchise, avec la certitude d'être compris, il était facile de confier ce qu'il était sûr de n'avoir jamais laissé entendre à personne :

— Rentrer chez moi n'est-il pas une raison suffisante ?

Donald éclata de rire, et proposa aussitôt :

— Alors viens avec moi. Je vais à l'université d'été des Jeunes socialistes.

— Mais mes parents m'attendent !

— Appelle-les. Allez !

Il se dirigeait déjà vers le salon de thé, où il devait bien y avoir un téléphone.

James se souvint que Donald partait toujours du principe que tout était facile, et pour lui tout l'était en effet. Pour James en revanche, téléphoner à la maison et annoncer : « Je ne rentrerai pas ce week-end » représentait toute une histoire, une chose qui demandait de réfléchir, de faire des plans, de s'armer de précautions, de peser les si et les mais. Mais voilà qu'il était au téléphone, alors qu'une serveuse souriait aux deux jeunes gens et que Donald encourageait son camarade par des mimiques.

— Ça ne vous dérange pas si vous ne me voyez pas avant lundi soir ?

— Bien sûr que non, chéri.

Sa mère pensait qu'il devait sortir davantage, se faire des amis. Il le savait, mais il lui avait fallu Donald. Les deux garçons prirent un train qui repartait pour la destination d'où James venait d'arriver. À présent, adieu la monotonie d'une nouvelle journée passée à gratter du papier. Ils étaient en route pour l'aventure.

C'est ainsi que commença le magnifique été 1938 qui avait tout changé pour James. L'université d'été de ce week-end-là, à laquelle Donald se débrouilla pour obtenir sa participation – toutes les places étaient réservées, mais James connaissait les organisateurs –, était consacrée à la guerre d'Espagne. En ce qui concernait James, elle aurait pu porter tout aussi bien sur la condition des mineurs d'étain d'Amérique du Sud (une conférence ultérieure). Il était ébloui par cette profusion de nouvelles idées, de nouveaux visages, de nouveaux amis. Il dormait dans le dortoir d'une faculté qui hébergeait les universités et les séminaires d'été, et prenait ses repas au réfectoire avec des jeunes gens, garçons et filles, venus des quatre coins du pays, dans une joyeuse atmosphère où les arguments revêtaient toutes les nuances imaginables de la pensée de gauche. Définir sa position exacte sur toute chose, de l'Espagne au végétarisme, était un devoir de chacun envers soi-même. Le week-end suivant était consacré aux pacifistes, et Donald devait y prendre la parole en tant que contradicteur. Car Donald était communiste. « Mais je ne suis pas militant, je suis avec eux en esprit. » Il pensait qu'il relevait de sa responsabilité de combattre les opinions erronées en tout lieu. Son devoir c'était la politique, mais son plaisir, c'était la littérature, et en particulier la poésie. James participa donc à un week-end sur « La poésie comme arme de la lutte », à un autre sur « La poésie moderne », puis à un troisième sur « Les poètes romantiques, précurseurs de la révolution ! » Il écouta Stephen Spender[2] s'exprimer à Londres et lire ses poèmes à Cheltenham. C'est ainsi que s'écoula l'été. « Le parti communiste pour la liberté ! », « La littérature américaine », ce qui voulait dire Dos Passos, Steinbeck, Lillian Hellman, et aussi *Waiting for Lefty*[3] et *Studs Lonigan*[4]. « Où va l'Empire britannique ? », « Le droit de l'Inde à l'indépendance ». Et cela ne se limitait pas aux week-ends. Après sa journée à son école de commerce, il rejoignait toujours Donald quelque part dans la soirée, à une conférence ou à un débat, ou encore au sein d'un groupe de travail. Il passait chez lui changer de vêtements, prendre un bain et dire à sa mère où il était allé. Elle l'écoutait avec intérêt, et ses questions étaient sans fin. Un an plus tôt, il aurait été exaspéré et l'aurait fuie, mais il commençait à prendre conscience de la misère de sa vie affective et apprenait la patience. Son père écoutait – c'est du moins ce que James supposait –, mais sans émettre d'autre commentaire qu'un grognement ou un reniflement pour manifester son désaccord.

James semblait ne rencontrer que des personnalités flamboyantes, qui lui donnaient l'impression d'être lui-même terne et timide ; quant aux filles, elles étaient différentes de toutes celles qu'il avait connues, volubiles, prodigues de leurs opinions souvent effrayantes, et aussi de leurs baisers : au début, il fut surpris qu'elles ne prennent pas ombrage de ses avances et même le taquinent pour ses hésitations. Coulantes pour les baisers, mais avares pour tout le reste, ce qui le rassurait, car il ne croyait certainement pas à l'amour libre, sujet d'un de leurs débats. Non seulement il vivait dans un rêve de camaraderie et d'amitiés faciles, mais surtout il se voyait sous des jours qui le surprenaient, le choquaient ou lui faisaient honte. Des remarques fortuites, entendues malgré lui, une ou deux phrases tirées d'une conférence sur « L'Europe face à la menace fasciste » ou « Les conditions de travail des mineurs », lui laissaient les oreilles bourdonnant de ce qu'elles avaient capté, tant elles semblaient sensibilisées aux mots qui auraient pu lui être personnellement destinés.

Lors d'un week-end pacifiste, il vit son enfance en perspective aussi nettement que dans une bande dessinée.

— Les soldats de la Grande Guerre, ou bien ils ne peuvent pas s'arrêter d'en parler, ils en sont obsédés…

— Comme papa, coupa quelqu'un dans l'auditoire.

— ... ou bien ils n'en disent pas un mot.

— Comme mon père, commenta un autre.

Le père de James, un rescapé des tranchées, blessé à la bataille de la Somme, était de ceux qui n'ouvraient jamais la bouche. Pas plus sur la guerre que sur grand-chose d'autre. Imposant, un roc, avec des épaules et des mains manifestement trop puissantes pour son travail actuel – employé de bureau d'une société de construction mécanique –, il pouvait rester silencieux du début du repas à la fin. Presque tous les soirs, il allait au pub retrouver ses copains. James les avait souvent vus, tous des anciens combattants assis en groupe autour du feu, avares de leurs paroles. James avait grandi dans le silence. Sa mère pouvait ne pas dire un mot non plus si son père donnait l'exemple. Mais, un jour qu'il était rentré à la maison pour le week-end par tendresse pour eux, il l'avait découverte animée, cramoisie, à une réunion qui suivait la fête de l'été, avec à la main un verre de sherry que le vétérinaire du coin, Mr. Butler, remplissait généreusement et… Flirtait-elle ? Flirtait-elle *vraiment* avec lui ? Sûrement pas. C'était juste que James ne l'avait jamais vraiment vue comme une femme capable de rire et de bavarder comme une pie.

— Je suis un peu pompette, confia-t-elle sur le chemin de la maison, ayant déjà perdu l'éclat que lui avait donné le plaisir d'être en société.

Il se rappelait avoir eu parfois secrètement honte, au cours de son enfance, de la gaieté qu'affichait sa mère en société ; elle se montrait alors si différente de celle qu'elle était à la maison. Mais, à présent, il se disait : « Mon Dieu, être mariée avec mon père, être mariée à un homme qui ne vous parle jamais à moins que vous ne lui posiez directement une question ! Et encore ! Et puis elle n'est pas comme lui, elle aime s'amuser, elle... » Mais c'était sa mère, et un violent élan de pitié coupa court à des pensées inconvenantes au sujet d'une mère. Ce qu'elle avait dû souffrir pendant toutes ces années ! Ce qu'il avait d'ailleurs souffert, lui, l'enfant silencieux d'un homme qui avait connu de telles horreurs au fond des tranchées qu'il ne pouvait plus être lui-même qu'en compagnie d'anciens combattants de cette vieille guerre !

Cette vision désagréable de lui-même et de sa famille n'était qu'un début. Il apprit à la conférence « Structure des classes anglaises » que Donald appartenait à un niveau plus élevé que lui de la classe moyenne. Que faisait-il dans la même école que Donald, alors ? Il avait obtenu une bourse, voilà l'explication, même s'il n'y avait pas beaucoup réfléchi à l'époque. Sa mère s'était débrouillée pour organiser sa scolarité, écrivant des lettres et puis faisant jouer ses relations, toujours sur son trente et un. Il savait aujourd'hui que sa mère incarnait le bon goût, avec sa petite robe noire et son rang de perles fines, là où d'autres femmes portaient des motifs floraux voyants et trop de bijoux. Elle en avait imposé – oui, mais à qui ? – avec sa ténacité à vouloir que son fils fréquentât une bonne école. Sa mère était supérieure à son père, il s'en rendait compte maintenant. Il était resté dans une sorte de rêve, d'hébétude concernant tout cela, jusqu'à ce que Donald le réveille.

Un week-end, il alla chez Donald et découvrit une grande maison bourrée de parents et d'amis. Deux frères plus âgés, deux sœurs plus jeunes : toute une bande bruyante, qui aimait s'amuser. La mère et le père se disputaient sur tout – chez lui, on aurait dit qu'ils se bagarraient. Le père était membre du parti travailliste, la mère pacifiste ; les enfants, eux, se disaient communistes. Des repas interminables et tumultueux. James songea aux plats frugaux et convenables préparés par sa mère, avec le rôti dominical comme point culminant de la semaine, mais c'était une petite pièce de viande, car on ne devait pas gaspiller l'argent. Chez Donald, un énorme jambon était toujours prêt sur la desserte, flanqué d'un cake aux fruits et de pain, d'un morceau de fromage et d'une motte de beurre bien jaune. Le soir, ils jouaient à des jeux de société. Les deux filles avaient des petits amis et étaient l'objet de taquineries – pas toujours très gentilles, pensait James, mais ses idées évoluaient et il se demandait si c'était bien d'être choqué. Il l'était trop souvent, non ?

— C'est bon de t'avoir à la maison, fiston, dit son père, le week-end où James vint partager le rôti dominical (deux pommes de terre par personne plus une cuillerée de petits pois).

Cette déclaration surprit tellement la mère comme le fils qu'ils échangèrent un regard. Qu'est-ce qu'il lui prenait donc, au vieux ? (Son père n'avait pas encore cinquante ans.)

— Alors, tu te lances dans la politique, hein ?

— Enfin, j'écoute surtout les autres.

Le gros homme, le visage large et rougeaud, la moustache en brosse (rafraîchie tous les jours), les cheveux gris courts (coupés une fois par semaine par sa femme) et soigneusement séparés par une raie, les grands yeux bleus à l'expression habituellement distraite, comme si leur propriétaire se concentrait pour maintenir ses pensées en ordre, fixa alors son regard sur son fils certainement pour le jauger, le juger.

— La politique est un jeu de dupes. Tu l'apprendras à tes dépens.

Et il se remit en devoir de charger sa fourchette de rosbif.

— James cherche seulement sa voie, chéri, dit Mrs Reid, conciliante comme toujours.

Sûrement trop conciliante, ce que justifiait sa peur secrète de voir son mari exploser un beau jour et détruire leur vie, et elle aussi par la même occasion.

— C'est ce que j'ai dit, non ? répliqua Mr. Reid, présentant tour à tour à sa femme et à James un visage ulcéré, le menton en avant, comme s'il s'attendait à recevoir un coup de poing. Tous des escrocs, des voleurs et des menteurs !

C'était là un cri de fureur étranglé, d'une voix que le fils ne se souvenait pas avoir jamais entendue. Sa mère y avait-elle déjà eu droit ? Il la vit baisser les yeux, jouer avec une miette sur la nappe, puis la pétrir du bout des doigts.

« Ç'a été comme ça pendant toute mon enfance, songea James, et je n'ai jamais rien remarqué. » Et maintenant, autant que sa fascination pour ce meilleur des mondes de la politique et de la littérature, c'était la peine qu'il ressentait pour ses parents qui le tenait hors de la maison.

Donald lui prêtait des livres qu'il dévorait, comme si la littérature était de la nourriture, et qu'il fût affamé. Les livres s'empilaient sur le guéridon de l'entrée. Il en montait un dans sa chambre pour le lire, puis le remettait à sa place et en choisissait un autre. Un jour, il vit sa mère s'arrêter devant eux, puis en ouvrir un. Spender.

— « Je pense sans fin à ceux qui ont été vraiment grands[5] », cita-t-il, partageant avec elle quelque chose des richesses qu'il avait découvertes.

Et lui pensa que c'était la première fois qu'il l'avait laissée accéder à son monde intérieur. Elle inclina la tête en souriant.

— J'aime bien, dit-elle.

Il y avait bien des livres sur un rayonnage à la maison, mais James ne se souvenait pas l'avoir vue les lire. C'étaient essentiellement des ouvrages de guerre, ce qui expliquait que lui-même n'y avait pas touché. Ils appartenaient à son père et semblaient dire comme ce dernier : « Pas touche ! »

Et maintenant sa mère enchaînait :

— « Je vis une foule de jonquilles dorées… battant des ailes et dansant dans la brise[6]. » J'ai appris ça à l'école.

Il répondit, baissant la voix – son père se trouvait dans la pièce voisine :

— « Il semblait que j'avais réchappé de la bataille[7]. »

Après un regard par-dessus son épaule, elle chuchota :

— Non, non, arrête, il ne voudrait pas…

Et, vite, elle s'écarta.

Quand son père fut parti pour le pub, et sa mère montée à l'étage, James s'agenouilla devant le rayonnage et en sortit les livres un par un. *À l'Ouest rien de nouveau. Le Don paisible. La bataille de la Somme. Passchendaele. Adieu à tout ça*[8]. *Souvenirs d'un ancien combattant. S'ils devaient mourir, s'ils devaient nous le demander…* Trois étagères pleines.

Au printemps 1939, James fut mobilisé avec les jeunes gens ayant entre vingt et vingt et un ans.

— C'est bien, dit son père. Voilà à quoi servent les jeunes hommes !

Et il se leva avec emphase pour aller au pub.

Donald aussi avait été mobilisé, et quand James lui rendit visite, il trouva que cette maison, déjà bruyante, résonnait encore plus de discussions que d'habitude. Les deux frères cadets attendaient leur tour. Les filles, elles, étaient en larmes parce que leurs petits amis étaient de la même classe d'âge que Donald et James.

— Il ne peut pas y avoir la guerre, ce serait trop affreux, répétaient la mère pacifiste et l'une des filles.

— Nous devons arrêter Hitler, disaient le père, les fils et la deuxième fille.

C'étaient là les points de vue qu'on entendait échanger partout, à la T.S.F., dans la presse.

— Avec les armes qui existent aujourd'hui, personne ne serait assez stupide pour partir en guerre.

Les deux jeunes hommes, qui étaient en fait sur le point de rejoindre l'armée, se confondirent en sourires et allèrent ensemble à un débat organisé dans la ville voisine : « Est-il trop tard pour la paix ? » Donald, qui était dans le public, soutint passionnément que Hitler devait être stoppé immédiatement, sinon on serait tous réduits en esclavage. Une femme de l'assistance se leva pour raconter que son fiancé et ses deux frères s'étaient fait tuer à la dernière guerre et que, si les jeunes gens présents savaient ce qu'était la guerre, ils seraient pacifistes comme elle. Un homme de sa génération, c'est-à-dire qu'il devait être lycéen pendant la guerre, lui demanda d'un ton sarcastique si elle croyait que son fiancé et ses frères auraient aimé l'idée de vivre en esclaves sous Hitler, et elle lui cria : « Oui, oui. Mieux vaut être vivant que mort ! » Une vieille dame dit encore qu'il était temps de se souvenir des plumes blanches auxquelles les lâches avaient eu droit pendant la dernière guerre, que c'était là son sentiment. Les discussions devinrent si âpres et si bruyantes que la tribune dut rappeler le public à l'ordre, puis demander aux appariteurs d'expulser un jeune homme qui braillait que la dame aux plumes blanches devait être abattue, qu'elle le dégoûtait.

— C'est leur façon de te dire qu'ils vont te dresser. Ils vont faire de toi un homme. Deviens officier. Ce sera moins dur pour toi. Avec ton instruction, tu as l'étoffe d'un officier, avait expliqué le père de James à son fils.

James et Donald se rendirent ensemble au centre de recrutement de Reading. James, qui avait couru dans les stades, joué au cricket et au football pour le collège, s'attendait à s'entendre dire qu'il était à cent pour cent bon pour le service. Il l'était, à condition de surveiller une ancienne blessure de foot, une déchirure du ligament du genou, dont seule une fine cicatrice blanche était encore visible. Donald se vit reprocher son poids, mais l'armée se chargerait d'y remédier. Ils restèrent toute la journée dans une grande salle, au milieu d'une foule de jeunes hommes en nage et malodorants, dont beaucoup n'avaient pas de salle de bains chez eux. Tous avaient le même âge ; Donald dit pour plaisanter qu'ils étaient prêts pour l'abattoir, comme les veaux ou les agneaux. La situation semblait l'amuser. Le même âge, mais pas du tout la même morphologie. Beaucoup étaient maigres, et la plupart de petite taille. Donald et James étaient plus grands et plus massifs. Leur application à ausculter la réalité de la vie britannique leur avait appris que les classes laborieuses vivaient de toasts de margarine saupoudrée de sucre ou de toasts de graisse, accompagnés de tasses d'un thé très fort, très sucré. « Le sucre nourrit. » Le résultat était là : ces hommes pâles et trop maigres. Certains furent exemptés pour rachitisme, un grand nombre d'entre eux envoyés chez le dentiste pour des caries.

Ils eurent bien le projet de faire un dernier séjour dans la famille de Donald, mais l'appel aux armes arriva avant. La guerre couvait alors qu'on parlait encore pacifisme, elle enflammait les débats et le contenu des actualités, bouillonnait dans les veines et les esprits. Et elle arracha James et Donald à la vie normale pour les envoyer dans un camp d'instruction.

James étala son uniforme sur son lit et en ajusta les pièces devant lui. Sa chambre, habituellement tranquille, discrète, était jonchée d'emblèmes martiaux kaki.

James était un jeune homme grand et mince, vif, rapide, tout élégance et nervosité. Il avait le nez fin, une belle bouche, large, en arc, trop souvent pincée par la tension de la détermination. Ses yeux étaient grands, d'un bleu lumineux, et ses cheveux châtain clair et brillants. Il avait les sourcils délicats et luisants, l'allure soignée d'un animal en bonne santé. Mais après avoir enfin revêtu l'uniforme, il devint terne et emprunté. Il se regarda dans la grande glace du palier et songea que la fille de l'université d'été socialiste pour la justice qui lui avait dit : « Mais tu es beau, tu ressembles à une star de cinéma » ne lui tiendrait plus le même langage désormais. Il descendit, vit sa mère assise sous la lampe avec un magazine, la radio vibrant de musique dansante. Elle leva les yeux ; sa main vola à sa bouche, et elle s'écria dans un hoquet :

— Oh, non ! (Puis elle se leva, confuse, et reprit :) Chéri, tu es magnifique. J'ai été surprise, c'est tout.

Elle voulut étreindre ce soldat, mais l'épaisseur de l'étoffe dans laquelle il était engoncé absorba son geste, l'abolit.

Il avait le cou déjà irrité, et ses brodequins étaient trop larges. C'étaient des boulets qu'il avait aux pieds. Elle proposa d'essayer de les ramollir ; elle les réchauffa à la vapeur de la bouilloire et les frotta de graisse, pendant qu'il restait debout en chaussettes, ses longs pieds recroquevillés l'un vers l'autre comme des créatures tentant d'échapper à leur sort. Elle réchauffa et frotta pendant une heure au moins. Il remit ses brodequins et assura à sa mère qu'il se sentait mieux dedans. Il avait les pieds étroits, c'était ça le problème.

Le lendemain, il endossait l'uniforme « jusqu'à la fin de la guerre », plaisantant sur cette nouvelle expression qui donnait à son utilisateur un sentiment de force d'âme et de courage pudique.

— Mais il n'y aura peut-être pas de guerre, suggéra sa mère.

— Oui, peut-être les choses tourneront-elles court.

Son père lui dit au revoir, lui aboyant au visage qu'il ne devait pas les croire s'ils promettaient que tout serait fini à Noël.

— Ils sont imbus de leur propre idiotie.

Qui, « ils » ? Le ministère de la Guerre ? Le gouvernement ? Ses yeux étaient comme égarés par les affres de la guerre précédente.

— Au revoir, papa, répondit James gentiment.

Il se dirigea vers la grille du jardin et, en se retournant, vit ses parents debout côte à côte, le bras de sa mère passé sous celui du vieux militaire, qu'elle tapotait. « Une vraie carte postale », pensa-t-il, refusant avec défi de verser dans le pathétique. « Parti à la guerre. » Il se disait, comme il se l'était déjà répété assez souvent au cours de cette année d'effervescence et de découvertes, qu'il aurait mieux valu que son père ne fût pas revenu des tranchées. Enfin, n'était-ce pas vrai ? Quelle misère avait été son existence !... N'auraient-ce pas été ses propres mots ? Mais, au moins, sa mère avait eu un mari, ce qui était plus que ne pouvaient dire de nombreuses femmes. Personne ne peut s'imaginer ne pas être né. Si son père était mort pendant la dernière guerre, alors James ne serait pas en train de suivre ce trottoir dans ces brodequins qui le faisaient souffrir. Son sens de la dérision lui soufflait ce commentaire : « Chair à canon pour la prochaine guerre. » Amusant, le nombre d'expressions éculées qu'il avait employées toute sa vie sans réfléchir !

Il retrouva Donald à la gare. Ils voyagèrent ensemble dans une voiture bondée de jeunes hommes vêtus de leurs uniformes neufs, puis montèrent dans deux autocars, les militaires avec les civils, dont les visages leur montraient bien qu'ils formaient désormais une catégorie à part. Effrayés, ces visages ? Dégoûtés ? Empreints de pitié ? Circonspects, en tout cas. Certains yeux rappelaient à James ceux de son père. Vingt ans : certains de ces gens avaient vécu la dernière guerre. Enfin, ils arrivèrent aux grilles d'un camp, où deux caporaux les attendaient et leur firent signe d'avancer. Les jeunes gens entrèrent seuls ou par deux, s'égrenant les uns après les autres vers un grand baraquement, où ils donnèrent leurs noms, ainsi que leurs récents matricules, avant d'être répartis dans des rangées de préfabriqués Nissen, disposés aussi régulièrement que les cases d'un échiquier. À une intersection des allées, Donald dut prendre une direction et lui une autre. C'était un coup dur pour James, mais pas autant, il le savait, pour Donald, qui s'éloigna avec une bande de jeunes gens qu'il voyait pour la première fois, comme s'ils étaient tous de vieux amis. C'était l'alphabet qui les séparait, semblait-il.

— R et E, jamais les deux ne se rencontreront[9], tenta de blaguer James.

Il se dirigea donc seul vers un baraquement d'une capacité de vingt hommes. Dix lits d'un côté, dix de l'autre, avec une espèce de box ou de cagibi pour le caporal-chef chargé de les encadrer. Comme à l'école. Les jeunes gens bougeaient en tous sens, traînaient, sans cesser de regarder autour d'eux, tels des animaux dans un nouvel environnement qui ne savent pas encore d'où peut venir le danger. Le caporal-chef Jones leur donna le temps de s'installer, avec seulement des consignes anodines sur le fourniment et le bon entretien de leurs lits de camp, quand un sergent arriva et se comporta exactement comme prévu, braillant des ordres qu'il eût pu tout aussi bien leur donner d'une voix normale. Ensuite, dîner dans un immense hangar, trop grand pour mériter le nom de baraquement. Premier service, deux ou trois cents gars, une nourriture peu ragoûtante, ou trop abondante pour des estomacs serrés. Les assiettes restèrent quasi intactes ; un sergent, planté les poings sur les hanches, vociféra qu'il veillerait personnellement à ce que sous peu ils aient faim au point de ne pas laisser une miette dans leurs assiettes.

Dans le baraquement, où leur paquetage et leurs vêtements étaient éparpillés à la ronde, vingt jeunes hommes tentaient de lutter contre le désarroi d'être en terrain inconnu, tandis que le caporal-chef les menaçait de l'apparition imminente du sergent.

Les jeunes gens se plaignaient de ne pas être habitués à se coucher si tôt, quand le sergent arriva enfin pour dire qu'il voulait bien fermer les yeux sur leurs manquements à la discipline de ce soir-là, mais que dorénavant, s'il voyait pareil spectacle, leur compte serait bon. C'était là son premier message ; le second, c'était qu'ils ne devaient même pas songer à demander des somnifères s'ils dormaient mal, parce qu'il serait trop heureux de s'assurer à l'avenir qu'ils soient si fatigués qu'ils dormiraient à peine leur tête posée sur l'oreiller.

Tout se passait comme prévu, car les trois quarts de ces jeunes hommes avaient des pères ou des parents qui avaient fait la dernière guerre et les avaient informés des méthodes de l'armée. « Ils aboient plus qu'ils ne mordent », avaient entendu répéter la plupart d'entre eux.

Le caporal-chef se retira alors dans sa niche et les hommes parlèrent à voix basse, pestant contre la dureté des matelas et des oreillers. James savait bien que, tant pis pour l'école de la vie, l'école tout court se révélait une bénédiction ! Un jeune, le deuxième classe Jenkins, disait que n'importe quoi serait une partie de plaisir après l'internat : c'est ainsi que James repéra le deuxième pensionnaire de ce baraquement qui montrerait peut-être l'étoffe d'un officier. Ils se jaugèrent réciproquement à l'aide de quelques remarques plaisantes, et le silence qui suivit apprit à James que cette scène aurait sa place dans une conférence sur les structures de classe. La majorité de ces jeunes gars n'avaient jamais ne serait-ce que rêvé des charmes de l'internat.

— C'est une bonne planque pour ceux qui ont de la veine ! résuma, sans hostilité cependant, Paul Bryant, le jeune qui occupait le lit voisin de celui de James.

En fin de compte, James et le deuxième classe Jenkins n'avaient pas grand-chose en commun, alors que Paul, dont le père livrait du charbon dans les caves de Sheffield, devint son ami.

Le lendemain, les hommes de ce baraquement et de quatre autres, cent au total, se retrouvèrent dans un bâtiment, une ancienne salle des fêtes de village, et prirent des cours sur leur fourniment et le soin qu'ils devaient en prendre. Par les fenêtres, ils apercevaient toute l'étendue du camp, dont l'austère régularité donnait pourtant une impression d'inachevé, de provisoire. Il pleuvait si fort, des cordes, que l'eau scintillante rejaillissait en une mousse blanche jusqu'aux genoux des soldats d'une section qui traversait au pas, en route vers quelque part. Les cours se succédèrent toute la journée et, lorsqu'il avoua que ses brodequins le blessaient, se cuirassant à l'avance contre les coups de gueule méprisants du sergent, James était prêt à s'entendre dire qu'il avait intérêt à se procurer les putains de bons brodequins cette fois-ci, parce que son supérieur n'allait pas écouter des putains d'excuses sur le mal aux pieds le lendemain, quand les manœuvres devaient commencer.

Le caporal chargé du fourniment se mit en quatre pour lui, allant chercher sur les étagères des brodequins, toujours plus de brodequins.

— Mieux vaut être bien chaussé, sinon rien ne va plus, dit-il.

Les pieds de James posaient un problème : tous les brodequins étaient trop larges. Il allait devoir porter deux paires de chaussettes. Il avait l'impression d'être le pingouin qu'il avait vu marcher les pieds écartés sur le bord d'un bassin, comme si, à son image, il avait l'entrejambe enflammé. Partout, l'épais uniforme frottait contre sa peau et l'irritait.

Puis les manœuvres commencèrent pour deux sections de son baraquement, et les jeunes hommes ne firent plus qu'un à cause de l'intensité de leur épuisement et de leur fureur contre le sergent. L'inconfort de l'uniforme de James et ses pieds endoloris furent comme absorbés dans une souffrance générale. Mais, tout au fond de lui, il était soutenu par la fierté de tenir le coup. Comme tous les autres.

Dix semaines. Il fit l'exercice avec sa section, puis avec la compagnie. Il se ruait vers des meules de paille représentant des êtres humains, baïonnette à la main, et finit par connaître si bien son barda que son fusil devint – ainsi que le sergent le leur avait prédit – son meilleur ami. Tout cela pendant qu'en privé un commentaire ironique trottait silencieusement dans sa tête, qu'il ne pouvait partager avec personne, parce que c'était le langage de son éducation, et qu'il était incapable d'égaler les communications à demi intelligibles de ses frères d'armes, tout en obscénités, et leurs colères ritualisées de bidasses.

James commit deux infractions : une fois, il n'astiqua pas ses godillots correctement et, une autre fois, il ne se mit pas assez rapidement au garde-à-vous, manquements à la discipline qu'il expia par un jour de corvée de pommes de terre et une nuit à monter la garde.

Vers la fin de ce test d'endurance, son genou lui joua des tours, et on dut le lui bander serré, lui donnant des allures de momie. Un maudit ligament n'allait quand même pas faire obstacle à l'intention du sergent Baxter de faire de lui un soldat ! Et en effet ils en sortirent, tout un camp de jeunes hommes, plusieurs centaines d'entre eux, dressés, devenus des hommes, ne formant plus qu'un. Ils furent informés qu'ils partaient pour être cantonnés ailleurs, à l'ouest, tandis que leur camp d'instruction recevait une nouvelle fournée de recrues, que le groupe de James accueillit pour la forme avec la compassion et les blagues rituelles. « Ils ne savent pas ce qui les attend, les pauvres bougres ! », etc., pendant qu'eux-mêmes rejoignaient au pas de marche autocars et trains.

Avant leur départ, on leur accorda un week-end de permission pour aller chez eux, ce que James détesta. Il savait que son père était dans la même disposition d'esprit que lui, et soupçonnait sa mère de l'être aussi. Il tâcha de s'imaginer l'effet que cela devait produire de voir son précieux rejeton, que l'on a choyé pendant vingt et quelques années, envoyé à la guerre pour servir de chair à canon, mais, comme beaucoup de ses pensées concernant sa mère, il fut incapable de mener celle-ci à terme. Cela n'entrait pas dans la catégorie des persiflages qui l'accompagnaient jour et nuit sur la manière de gérer les choses, des sarcasmes sur l'Autorité – nécessaire compensation de l'obéissance du soldat. La vie de sa mère… Ah, non ! il ne voulait pas y penser. Il la revoyait comme dans ces soirées à la maison, assise sous la lampe, la radio bourdonnante ou en sourdine à portée de main, en train de tricoter un pullover. Qui lui était destiné, il n'en eût pas été surpris. Elle avait les yeux baissés sur son ouvrage ; elle ne tricotait pas machinalement, comme certaines femmes dont les mains sont apparemment capables de déchiffrer toutes seules les modèles pendant que leurs propriétaires bavardent ou même lisent. Ou peut-être sa mère dérobait-elle son regard afin qu'on ne puisse pas savoir ce qu'elle pensait. À quoi pensait-elle donc ? Et puis elle avait l'air si vulnérable, assise là, solitaire, son mari au pub avec ses copains de guerre et elle veillant pour attendre son retour. Cela mettait James en rage, mais en rage contre quoi ? Ce n'était pas comme d'être en rage contre l'armée ou le sergent. Pendant vingt ans, sa mère s'était assise sous la lampe pour tricoter dans la solitude. Puis son père rentrait, empestant la bière, allait se laver la figure et se brosser les dents, parce qu'elle avait horreur de cette odeur, et tous deux montaient se coucher. Comme s'il s'agissait de sa rancune contre son père ! Mais il aurait pu prendre une baïonnette et trucider quelqu'un – qui ? –, aller crier dans les rues : « Non, non, *non* ! »

Finalement, il embrassa sa mère pour lui dire au revoir, donna une bourrade amicale et filiale à l'épaule inflexible de son père et partit pour le sud-ouest de l'Angleterre.

Là-bas, plusieurs centaines de jeunes gens se livraient aux exercices et aux manœuvres, mais pas de manière aussi obsessionnelle que dans le premier camp. C'était fastidieux. Entre les manœuvres et les exercices, il s'allongeait sur son lit pour lire de la poésie, imité par Paul Bryant. Il était devenu pour Paul ce que Donald avait été pour lui. Ce garçon, qui avait arrêté ses études à quatorze ans, avait pris goût à la poésie comme James avant lui. Il rencontrait toutefois davantage de difficultés : les mots trop longs lui posaient un problème. Mais James revivait ses propres ivresses de mots quand il voyait briller les yeux de Paul Bryant le remerciant de lui avoir prêté un ouvrage.

— J'aime celui-ci, disait-il. Je l'aime beaucoup…

Ce qu'aimait ce fils de charbonnier qui n'avait presque jamais mis les pieds hors d'une ville, c'étaient les poèmes sur la campagne :

« *Le plus joli des arbres, le cerisier*
Maintenant a ses rameaux garnis de fleurs[10] »

ou encore :

« *Je suis allé jusqu'au bois de noisetiers*
Parce que ma tête était en feu…[11] »

— Tu en as d'autres comme ça ? demandait-il, timide mais déterminé, d'une manière qui rappelait à James son propre état d'esprit lorsqu'il avait quelques années de moins.

Eux et quelques autres étaient mieux lotis que la plupart, qui s'ennuyaient à mourir. Il n'y avait rien pour les distraire. Pas assez de filles, et pénurie de bière dans les pubs quand ils avaient des sauf-conduits pour la soirée. Des centaines de jeunes gens frustrés et en proie à l'ennui. C'est alors qu'éclata la guerre, qui au début traîna et tarda, mais il y eut enfin le premier débarquement en France, et ils levèrent le camp pour échouer sur les plages de Dunkerque. James rata toute l'aventure. Son genou avait enflé, et il était à l'hôpital pour subir un drainage.

Dans sa section, cinq soldats trouvèrent la mort et deux furent blessés. Sa section fusionna alors avec une autre, pareillement diminuée. Disparue, son unité – sa famille. Et Paul, son ami, était hospitalisé pour une blessure à la tête. James apprit que Donald aussi avait été blessé sur un bâtiment qui revenait de Dunkerque. Il obtint un week-end de permission pour aller voir Donald, qui avait la tête bandée ainsi que le bras. Il avait l'air plutôt mal en point mais, avant même que James fût entré dans la salle, les infirmières lui dirent que Donald était le boute-en-train de l'hôpital. « Il nous remonte le moral à tous. » On venait dans la chambre de Donald pour blaguer, rire un peu. Un jeune était là à son arrivée, cloué sur une chaise réservée aux visiteurs, à béer d'admiration devant lui, et était toujours là quand James prit congé. « Autrefois, c'était moi, songea James. Donald a besoin d'un acolyte, il a besoin d'avoir quelqu'un à former. Eh bien, parfait ! »

Il resta aussi longtemps que les heures de visite le permettaient, observant cette version plus jeune de lui, et admirant Donald, à qui il devait tout – c'est ce qu'il méditait, tout en s'avouant que Donald l'avait sans doute complètement chassé de ses pensées. Mais, au moment où James s'en allait, Donald lui donna quand même des livres et des pamphlets.

La bataille d'Angleterre commençait ; Churchill prononça ses discours exaltants, mais les choses ne s'améliorèrent pas beaucoup dans les camps du sud-ouest de l'Angleterre. Les combats se déroulaient dans le ciel, plus loin du côté de l'Europe. James aurait pu entrer dans l'armée de l'air. Pourquoi ne l'avait-il pas fait ? Parce que son père avait été un soldat de deuxième classe, et que cela ne lui avait pas traversé l'esprit. S'il l'avait fait, il serait sans doute déjà mort ou ne tarderait pas à l'être. Ces pilotes de la RAF avaient son âge. Il se serait déjà fait allumer au-dessus de la mer, et aurait coulé dans la flotte ; ou bien il se serait peut-être crashé quelque part et aurait flambé dans un bûcher de chair et de Spitfire. L'argot de la RAF s'insinuait dans le langage de tous les jours, en une forme d'hommage aux héros disparus.

Parce que son père avait été soldat, il en était devenu un à son tour. Parce que son père n'avait pas été officier, il avait refusé d'aller à Andover passer l'examen du bureau de sélection du ministère de la Guerre pour savoir s'il avait l'étoffe d'un officier. Il n'avait pas voulu quitter sa section, ses camarades, surtout Paul. L'idée lui vint qu'il avait dû être très seul, pour pouvoir penser qu'il quittait sa famille s'il quittait sa section.

La compagnie de James, très modifiée depuis bien avant Dunkerque, eut vent d'une rumeur selon laquelle elle devait quitter l'Angleterre pour être envoyée au feu ; une permission fut annoncée puis annulée. Au lieu de gagner l'Afrique du Nord – même s'ils ignoraient alors que les combats devaient avoir lieu justement en Afrique du

Nord –, ils furent expédiés vers un camp du Northumberland. Le problème, c'était que trop d'hommes avaient été appelés. Ne sachant quelle tournure la guerre allait prendre, « ils » en avaient trop fait. Des centaines de milliers de jeunes gens étaient regroupés dans des camps, prêts à l'action. Les sergents et les caporaux clamaient qu'ils ne se rendaient pas compte de leur chance : ils auraient pu être détachés dans les mines de charbon. Auraient-ils préféré ça peut-être ? Avaient-ils rêvé d'une carrière sur le front de taille ? Eh bien, alors, qu'ils s'estiment heureux ! L'ennui. Ils s'ennuyaient tant que certains se croyaient malades. L'ennui, à sa manière vague et souterraine, sape les esprits, les engourdit, et dévoie la pensée. Les rumeurs, même les plus folles, fleurissent comme des virus ayant fraîchement muté.

Des orchestres populaires vinrent leur remonter le moral. La voix de Vera Lynn, diffusée par les postes récepteurs de tous les baraquements, les consolait. Un officier d'instruction organisait toutes sortes de conférences utiles, et tous y assistaient parce que cela leur donnait une occupation. D'ailleurs, quand on leur distribuait des sauf-conduits, la ville voisine n'avait pas grand-chose à offrir. Dans la demi-douzaine de pubs existants, il y avait constamment pénurie de bière. Les cafés proposaient des saucisses suspectes et des œufs brouillés faits avec de la poudre d'œuf importée d'Amérique. Certaines tables étaient meilleures, grâce aux fruits et aux légumes venus des bourgs du coin ; la campagne était toute proche. Cela aurait plu à Paul, mais il avait été affecté à une autre compagnie. La viande et les œufs partaient pour Londres, où les riches dansaient et mangeaient dans des restaurants qui ne connaissaient pas le rationnement. C'était ce que tout le monde croyait. Il y avait peu de filles. La première expérience sexuelle de James eut lieu avec une ouvrière agricole, debout contre le mur d'une ruelle. Il détesta la chose, sa partenaire et lui-même, mais ce sordide petit événement le fit rêver plus que jamais à la vraie jeune fille, la sienne, qui l'attendait. Il imposa silence à sa voix intérieure, toujours prête à ironiser pour menacer ses rêves de tendresse, et d'un amour qui ne ressemblerait en rien à celui de ses parents. Ni au mariage bruyant et volcanique des parents de Donald. Non, comme pour tous les soldats de ce grand camp de jeunes gens affamés, sa dulcinée serait différente.

James avait parfois partagé une bière avec son père ou un sherry avec sa mère, mais il voulait désormais boire pour se soûler, et détestait aussi cette faiblesse. « Tout le monde n'est pas taillé pour être soldat », ricanait son interlocuteur intérieur, pendant qu'il voyait ses camarades s'abrutir dans l'alcool et prendre tout ce qu'ils pouvaient obtenir des filles trop rares.

Il existait une agréable diversion à l'ennui. Des soldats du camp se portèrent volontaires pour aller dans les fermes avoisinantes, afin d'aider aux travaux des champs au moment de la moisson. James, qui était toujours de ceux-là, se demandait si sa vocation n'était pas d'être agriculteur. Il se débrouilla même pour s'ébattre quelques heures avec une fille de paysan qui passa son temps à soupirer de remords parce que son fiancé combattait en Afrique du Nord. « Je l'aime, oui, je l'aime ! » La moisson s'acheva. L'Allemagne envahit la Russie et le Japon attaqua les États-Unis. La situation s'éclaircissait, ainsi parlaient les experts, même si l'on était en droit de penser qu'elle n'avait jamais été aussi sombre.

— On vous garde en réserve pour le meilleur, blaguaient les sergents, à présent plus familiers, peut-être parce qu'ils s'ennuyaient autant que leurs hommes.

James passait toutes ses heures de loisir à lire sur son lit. Il lisait les livres que Donald lui avait donnés, son habituel mélange de poésie, de grande littérature et de pamphlets politiques. « Le deuxième front, *maintenant* ! », « Libérez l'Inde ! » Il se bornait à feuilleter ces derniers, avec mauvaise conscience ; son esprit se figeait d'ennui, mais se ranimait aux accents de :

« Après que nos deux âmes auront quitté cette argile mortelle
Et que, guettant la mienne, tu la croiras perdue
Cherche-moi d'abord dans cette clairière élyséenne[12]... »

Le Northumberland, beau, morne. Peut-être ce comté serait-il le lieu de leur dernier repos ; peut-être mourraient-ils ici, oubliés de l'humanité et du ministère de la Guerre. Pourquoi quitteraient-ils jamais cet endroit, s'ils ne l'avaient déjà fait ? Telles sont les pensées folles et ralenties des gens trop longtemps contraints à la patience.

Et puis, sans aucune raison apparente, ce fut fini. Ils croyaient tous partir pour encore un autre camp, en vertu de la loi qui veut que ce qui est semble devoir se répéter indéfiniment. Leur régiment avait été oublié. « Quelqu'un a dû se planter », telle est l'éternelle pensée du soldat.

Mais non, ils allaient en Inde. En fait, on ne leur avait pas indiqué leur destination – des propos inconsidérés coûtent des vies – mais ils étaient capables de comprendre à demi-mot. Les Japs se rapprochaient de l'Inde, et l'armée indienne était sur le pied de guerre. N'importe quoi, n'importe où, pourvu que nous quittions ce lieu, où nous attendons et manœuvrons tous les jours pendant des heures pour rester en forme.

James rangea ses affaires dans son sac militaire, avec ses précieux livres de poésie. Il savait que, s'il n'avait pas eu la poésie et les livres pendant ces derniers mois – non, ces dernières années maintenant –, il se serait retrouvé chez les dingues. Et il devait en remercier Donald, le remercier pour tout. Cet été-là, juste avant-guerre, brillait dans son souvenir. Un rêve, aussi fort que ses rêves d'un avenir d'amour et de paix, de paix et d'amour. « Après la guerre ce sera comme ça », songea-t-il. C'est-à-dire comme ces heureux mois d'universités d'été, de débats fraternels, de discussions aimables, ces échanges libres et élevés, riches d'espoirs, d'enthousiasme et de promesses. À quoi servait cette guerre sinon à créer « ça », un monde d'amitié et de camaraderie généreuse et de filles tout aussi généreuses, parmi lesquelles se trouverait sa petite amie, la seule qui comptait…

Il alla dire au revoir à ses parents. Son père lui demanda s'il avait eu la possibilité de devenir officier, et il répondit que oui, mais qu'il n'avait pas voulu.

— Décidément, tu es vraiment stupide, conclut son père, tandis que sa mère, en pleurs, lui recommandait de prendre bien soin de lui.

À quai, le grand navire sous sa peinture de camouflage, conçue pour qu'il ressemblât de loin à une brume ou à un nuage, ou peut-être à un banc de poissons volants, bref à une vision fugitive, avait à présent l'air massif, sinistre, sournois même ; ceux qui avaient fréquenté son bord de luxueux paquebot de la célèbre Union-Castle Line, toujours paré de couleurs vives et gaies en temps de paix, ne l'auraient pas reconnu. « Ça, le *Bristol Castle* ! »

Cinq mille soldats et leurs officiers s'entassaient sur le quai et refluaient même dans les rues avoisinantes, en attendant d'embarquer. On peut dire sans risque d'erreur que la majorité d'entre eux n'avaient quasiment jamais vu la mer, sauf peut-être lors d'une journée d'excursion (les années trente ne connaissaient pas les congés payés), pas plus qu'ils n'avaient vu de bateaux ni d'embarquement. Les paquebots de luxe n'avaient jamais hanté leur imagination, même sous la forme d'un lointain possible ; ils les avaient aperçus seulement aux actualités au cinéma ou sur les manchettes des journaux : « Le *Queen Mary* est arrivé à New York ce matin ; des orchestres ont joué pour accueillir le duc de… ». Ou une vedette de cinéma… un chanteur d'opéra… un boxeur.

Cinq mille soldats et leurs officiers devaient rentrer dans un espace prévu pour sept cent quatre-vingts passagers et l'équipage. Ils embarquaient pour un voyage de sept mille milles jusqu'au Cap et, de là, il leur resterait encore des milliers de milles – jusqu'où, sinon en Inde ?

Le *Bristol Castle* n'avait plus de nom. Tout comme leur destination.

Élégant symbole de la société qu'ils défendaient, le bâtiment étageait ses gradins, ou plutôt ses ponts : les deux niveaux supérieurs, les plus confortables, où les officiers iraient rejoindre ceux du bord, puis plus bas, plus bas, toujours plus bas, pont après pont, jusqu'à ce que la multitude de soldats eût rempli les pires recoins du bateau. Ennuyeux comme le monde, à ce compte-là.

Ils gravissaient les passerelles, tandis que leurs sergents et leurs caporaux, postés au-dessus, les surveillaient et aboyaient les directions qui leur avaient été indiquées par les officiers d'équipage, car ils en savaient aussi peu sur la topographie du bâtiment que les hommes qu'ils commandaient.

James Reid était en queue d'embarquement avec ceux de sa section, leur caporal à leurs côtés, aussi consterné qu'eux. Le caporal « Nobby » Clark (à l'armée, les dénommés Clark sont toujours Nobby[13]), un homme corpulent qui suait souvent d'angoisse, le regard à l'affût de la moindre erreur, était de ceux qui, ayant du mal à s'organiser, en font toujours un peu trop. Ses hommes s'étaient résignés à son existence ; ils avaient eu amplement le temps d'apprendre la patience pendant ces interminables mois d'attente. À côté de James se trouvait Rupert Fitch, le fils d'un fermier du Kent. C'était un jeune homme maigre au corps sec, un cavalier, avec un visage noble et hardi, légèrement taché de son, des cheveux clairs et un grand front aux tempes déjà dégarnies. James, qui rêvait encore parfois de devenir paysan (comment ?), éprouvait pour Rupert un peu de l'admiration mélancolique que Paul Bryant avait éprouvée pour lui, et lui-même dans le temps (il y avait trois ans déjà) pour Donald. Rupert Fitch n'avait jamais eu besoin qu'on lui expliquât le pourquoi et le comment de rien : c'était comme si l'armée était le prolongement de sa jeunesse passée à planter et à récolter. « Permission de parler, mon caporal, disait-il à un sous-officier, comme à un égal, confiant – à l'aise. Ne vaudrait-il pas mieux, mon sergent, que nous… » prenions cette direction au lieu de celle qui a été ordonnée. Suggérions à l'intendance que telle ou telle graisse – pour les brodequins – serait meilleure que celle dont ils disposaient. Il avait à n'en pas douter l'étoffe d'un officier, mais, comme James, il avait refusé. « Non, ce n'est pas mon truc », avait-il déclaré. À la ferme, il avait mis la main à la pâte, avec les ouvriers, voilà ce qui lui plaisait.

Un grand gars brun voûté, avec des yeux brûlants lui donnant l'air d'être sur la défensive, et une façon de serrer les poings tel un boxeur parant à une attaque, voilà à quoi ressemblait Harold Murray, qui travaillait au magasin paternel, où il vendait des vêtements d'occasion pour hommes. Johnnie Payne, lui, vendait des légumes avec son père sur un étal du marché de Bermondsey. James lui avait donné des cours de comptabilité, qui devaient se révéler utiles après la guerre. Ces cinq hommes se connaissaient bien, mais les cinq autres de la section B étaient des nouveaux qui avaient été mutés lors de quelque remaniement décidé en haut lieu et dont les soldats ne discernaient pas la raison.

Le caporal Clarke hurla enfin l'ordre de marche à sa section ; ils montèrent sur le bateau pour redescendre au cinquième pont, juste au-dessus de la ligne de flottaison. Une dernière échelle, et ils atteignirent leurs quartiers : un local avec une table coincée entre les cloisons, un placard à vaisselle et un autre où étaient rangés leurs hamacs. L'espace laissé libre par la table leur permettait de tenir à dix debout, séparés de quelques centimètres, comme ce serait aussi le cas une fois qu'ils seraient couchés dans leurs hamacs. Leur barda empilé contre une paroi semblait prendre la moitié de la place disponible. L'ordre de remonter sur le pont leur parvint. La section B, avec des centaines, des milliers d'hommes, regarda l'Angleterre et ses falaises blanches s'éloigner lentement dans les cris des goélands qui tournoyaient au-dessus du navire. Les vagues projetaient déjà leurs embruns. Le jour baissait. Un coucher de soleil voilé tachait de rouge un ciel brunâtre. Sur le cinquième pont, une minuscule lueur vacillante signalait l'escalier d'accès aux niveaux inférieurs. Et ils redescendirent dans les ténèbres étouffantes, qui sentaient la peinture et le bois frais. Noir. En temps de paix, ce bateau étincelait de mille feux donnant aux flots des reflets d'or et d'argent sur son passage. Autrefois, lui et ses pareils partaient pour des croisières d'un mois, puis la durée de celles-ci était tombée à trois semaines, et l'objectif des quinze jours était déjà en vue – mais pourquoi ne pas flâner, prendre son temps à bord d'un bateau conçu pour le plaisir ? Pour l'heure aucune lumière ne devait filtrer, le bâtiment était soumis au *black-out*, comme tous les foyers d'Angleterre, comme l'Angleterre elle-même. Au fond de ses quartiers, la section B prit conscience du fait qu'il n'y avait qu'une unique et faible ampoule jaune.

Les cales contenaient également les vivres de l'Angleterre en guerre, bien pires que ceux auxquels ils avaient eu droit dans les camps. Le dîner se composait de pain et de ragoût, le plus souvent aux patates. Le thé fort clapotait déjà dans leurs quarts, qui glissaient malgré les petits rebords censés les retenir. Aucun de ces hommes n'avait jamais eu le mal de mer, alors ils se demandaient s'ils n'avaient pas attrapé quelque chose. Johnnie Payne dit même qu'il voulait poser sa tête quelque part. « Toi, tu as envie de vomir, répondit le caporal Clark, qui ne se sentait pas très bien lui-même. Mieux vaut accrocher vos hamacs ! » Traditionnellement, les blagues et les plaisanteries saluent la première fois où l'on accroche son hamac, mais le bateau commençait à rouler. Les toilettes, qu'ils connaissaient déjà, étaient insuffisantes : des queues se formaient devant. Le caporal Clark n'avait jamais eu affaire à la désobéissance de ses hommes, et pourtant, après leur avoir ordonné de sauter dans leurs hamacs, il les vit monter comme des flèches sur le pont pour se pencher par-dessus bord. Puisqu'ils y étaient, il se joignit à eux. Tout le long du bastingage s'alignaient des hommes malades.

Là-haut, en plein vent, ils se sentaient mieux, mais plongeaient leurs regards dans des ténèbres inconnues. Ils entendaient les lames siffler, sans les voir. Ils savaient les périls qui les guettaient. Ce n'était pas un convoi, où l'on est obligé d'aligner son allure sur celle du bâtiment le plus lent. Énormes, remplis de précieux soldats, les transports de troupes doivent dominer le convoi, s'offrant ainsi pour cibles. Ce navire voyageait avec deux contre-torpilleurs destinés à le protéger des U-Boote, mais la route était longue jusqu'au Cap, et ils devaient faire escale à Freetown pour se ravitailler en carburant et se réapprovisionner ; les sous-marins hantaient les deux ports et sillonnaient l'Atlantique. Des bâtiments avaient été coulés dernièrement. Tout cela, ils le savaient. Personne ne le leur avait dit, personne n'aurait pu le leur dire, et pourtant ils le savaient tous. Et ils se tenaient là, à un bastingage plongé dans le noir, sur un pont lui-même plongé dans le noir, en scrutant l'obscurité... Non, mieux valait être en dessous, dans l'entrepont et, aux différents étages de cet énorme édifice, des hommes choisissaient cette solution : avec les parois du navire qui les entouraient, l'entrepont donnait l'illusion de la sécurité.

En cette première nuit, c'est ce qu'ils pensaient.

Dormir dans un hamac exige de l'entraînement. La nuit ne fut pas de tout repos. Sur la table où ils devaient prendre leurs repas étaient posées des cuvettes, où certains vomissaient après avoir dégringolé de leurs hamacs, qu'ils regagnaient ensuite tant bien que mal, en jurant, tombant, se contusionnant.

Le matin était gris et glacé ; ils se trouvaient dans le golfe de Gascogne. Le caporal Clark, que l'inquiétude et l'indécision rendaient tatillon, et qui avait lui-même mal au cœur, leur ordonna de prendre leur petit déjeuner. Il n'était pas sûr que c'était ce qu'il fallait faire : les sergents étaient au quatrième pont, avec quelques lieutenants, et il savait, pour être monté voir, que beaucoup étaient restés dans leurs couchettes.

James et le fils du fermier absorbèrent un peu de porridge et le regrettèrent.

Les troupes reçurent l'ordre de monter sur le pont pour l'inspection ; le caporal Clark remonta voir les sergents. Les trois quarts étaient malades, mais le sergent Perkins, qui allait bien, descendit pour constater que les hommes n'étaient pas en état.

Le golfe de Gascogne se déchaînait. Du haut en bas du grand bâtiment, les hommes vomissaient ; une odeur fétide régnait partout, dans l'entrepont comme dans les cabines.

Le balancement permanent des hamacs, si violent que le heurt de deux d'entre eux pouvait déséquilibrer les cinq de la même rangée, était insupportable. Sortir de son hamac pour tenter de s'asseoir à table n'apportait aucun soulagement. Rester sur le pont, cerné par le fracas des flots gris, se révélait aussi inconfortable. Le soir du deuxième jour, il était évident que le transport de troupes n'était plus qu'une infirmerie flottante, mis à part une minorité de gars qui, apparemment immunisés contre le mal de mer, se portaient volontaires pour servir au mess, où ils pouvaient manger autant qu'ils le voulaient s'ils acceptaient en échange d'être de corvée de nettoyage, ce qui voulait dire laver à grande eau les cabines souillées et les ponts les plus sales.

Au-dessous du niveau où se trouvait la section B, que ses hommes avaient pris pour l'ultime abîme de l'enfer, il y avait encore un niveau inférieur d'humanité entassée. Quand le navire avait été modifié pour servir de transport de troupes, on avait bien tenté de ventiler ses profondeurs, mais l'atmosphère était viciée dans ces immenses soutes ayant jadis abrité les bagages des riches ou des denrées prévues pour des menus de temps de paix : en bas, tout le monde était malade. Au cours de la troisième nuit, les hommes du cinquième pont entendirent crier au-dessous d'eux ; voilà comment ils surent qu'ils n'avaient pas touché le fond de la souffrance. Claustrophobie, diagnostiquèrent-ils tout de suite ; eux-mêmes risquaient de craquer et de se mettre à hurler. Ce n'était pas seulement la pression des parois du navire autour d'eux, c'était aussi de savoir que les vastes ténèbres extérieures couraient jusqu'à un horizon dont ils connaissaient l'existence sans le voir : pas de lune, pas d'étoiles, des nuages épais. Ténèbres dessus, ténèbres dessous.

La quatrième nuit, ignorant leur caporal, qui leur emboîta le pas sans même protester, ils allèrent sur le pont, où soufflait au moins un air frais. Étendus le long des parois, ils gardaient les yeux clos et enduraient leur sort. Rupert Fitch, le fils du fermier, était mieux loti que les autres. Assis, adossé à la cloison, la tête sur les genoux, il fredonnait des airs de danse et des cantiques. Le gros navire continuait à progresser dans l'obscurité avec un roulis fort et régulier. Au matin, rien n'avait changé, mais le pont était bondé d'hommes, dont certains montés des profondeurs du bâtiment. Le caporal Clark, le berger de la section B, était couché comme eux, à plat ventre, la tête dans les bras, et roulait légèrement avec le navire.

Voilà que le sergent « Ginger[14] » Perkins dégringolait lestement l'escalier des cabines ; c'était un homme de petite taille au corps massif, avec des cheveux roux coupés en brosse et une attitude belliqueuse qu'il cultivait pour son rôle de chef. Il aurait pu chercher à mettre un peu d'ordre dans ce spectacle choquant mais, bien qu'il ne fût pas lui-même souffrant, il venait déjà de passer plusieurs jours au milieu des malades. En temps normal, sa première réaction eût été de brailler « Ne vous laissez pas aller ! », cependant il demeura silencieux. Certains des hommes gisaient dans des flaques de vomi, et la diarrhée avait fait son apparition.

— Caporal Clark ! cria-t-il.

Le caporal tenta de se redresser, mais ce changement de position lui arracha un haut-le-cœur. Le sergent Perkins était réputé pour sa sévérité. « Être dur mais juste. » Il n'aspirait à rien d'autre, mais la formule n'était plus de mise ce jour-là. Il descendit dans les quartiers de la section B, les plus proches. De la vaisselle était tombée du placard et gisait en miettes par terre, dans les vomissures. L'odeur était insoutenable. Il eut une hésitation : il avait sous sa responsabilité ce pont-ci, le cinquième ; les hommes du tréfonds du navire ne dépendaient pas de lui. Mais des rapports sur ce qui se passait dans les sombres entrailles du navire avaient déjà atteint le quatrième pont, où les sergents étaient installés. Les caporaux, ceux qui étaient encore en état, étaient montés pour dire qu'il fallait faire quelque chose. Le sergent Perkins décida d'aller se rendre compte par lui-même. Il descendit tant bien que mal plusieurs échelles de cale, puis se retrouva dans un grand espace, si chichement éclairé qu'il n'en distinguait pas les parois les plus éloignées. Il entendait des gémissements en provenance de quelques hamacs, bien qu'en majorité ils fussent vides : les malades s'étaient hissés au quatrième pont. Ce qui était contraire aux ordres et absolument inacceptable ! C'était de l'anarchie pure et simple ; il se sentit en droit de prendre une décision. Il monterait lui-même au troisième pont pour dire au premier officier sur pied et responsable qu'il trouverait que, si l'on devait mettre fin à l'anarchie, il fallait donner des ordres pour que les pauvres diables restés en bas, dans cette obscurité puante, pussent grimper à l'air libre.

Le sergent Perkins retourna au cinquième pont et à son échelon de commandement. Cent hommes. Mais qui pouvait dire lesquels de ces malheureux affalés n'importe où sur le pont, les trois quarts à plat ventre, la tête dans les bras, étaient les siens ? Tournant le dos à ce spectacle, il s'appuya au bastingage et contempla la mer grise et houleuse. Petit, le sergent Perkins avait pataugé dans des vasques rocheuses et rapporté un crabe dans son seau à la pension de famille, où il s'était entendu dire par son père d'aller le remettre à l'eau. Là s'arrêtait son expérience de la mer. Enfant, il n'avait pas perçu la désolation de l'immensité de l'océan, ni vu grand-chose de plus qu'un creux dans les rochers, une plage où les vagues venaient lui lécher les pieds pendant qu'il sautait en riant aux éclats. À présent, il laissait errer ses regards, distinguant à peine l'endroit où finissait la mer et où le ciel commençait ; il songeait aux sous-marins quelque part au fond et il avait peur. Sergent du temps de paix, il n'avait jamais eu l'occasion de savoir ce qu'était la peur avant cette traversée.

Il se retourna, lentement, remerciant le ciel d'avoir un estomac solide – soumis à rude épreuve ce jour-là –, et annonça à ceux qui étaient capables d'écouter que le temps allait s'arranger. Il l'avait entendu de la bouche d'un officier qui descendait du troisième au quatrième pont.

— Cela ne peut pas durer, murmura-t-il de sa voix naturelle, dans un cockney passe-partout, atténué ou appuyé selon la personne à qui il s'adressait. (De sa voix de sergent, il ordonna :) Caporal, dès que vous vous sentirez mieux, au rapport !

Pas de réponse. Sur le pont, un des corps enchevêtrés – de la section A, pensait-il – gémissait :

— Bon Dieu de bon Dieu !

« Dieu y est pour quelque chose », pensa le sergent Perkins, qui monta prestement l'échelle menant au quatrième pont, puis celle du troisième pont où, ayant demandé la permission de parler, il déclara que ce qui se passait au fond du navire était une honte.

— Nous serions poursuivis si nous traitions ainsi des animaux, monsieur.

Quand on souffre du mal de mer, comme la plupart d'entre nous ne l'avons peut-être pas oublié, la mort semble préférable à dix minutes supplémentaires d'un tel calvaire. Même la mort apportée par un sous-marin, auraient peut-être ajouté certains de ces hommes. Et puis, exactement comme le sergent Perkins l'avait promis, la mer s'apaisa ; des hommes revenaient lentement à eux, se redressaient, tentaient de se mettre debout, allaient au bastingage d'un pas chancelant et contemplaient les flots, peut-être pour la première fois depuis qu'ils avaient embarqué. La mer était désormais calme, d'un gris soyeux, mouchetée ici et là d'écume, sous un ciel bleu pommelé de nuages blancs.

Le caporal Clark s'assit. Le sergent Perkins fit son apparition ; une escouade, désignée pour rétablir l'ordre, arrosait les ponts au jet et, si les jambes des soldats se trouvaient sur son passage, tant pis pour eux !

De l'eau, c'était ce dont ils avaient besoin, bien sûr. Eux-mêmes et leurs uniformes étaient dégoûtants. Ils se déshabillèrent ; des colonnes d'hommes nus s'avançaient vers un endroit où on leur distribuait du savon capable de mousser dans l'eau de mer. Ils reçurent l'ordre de mettre leurs uniformes d'été et de déposer les sales sur un tas destiné à la lessive. Rapidement s'élevèrent ici et là des piles hautes de plusieurs mètres, qu'une autre escouade emportait à laver.

À tous les étages, des rangées de barbiers – dont c'était le métier dans le civil – se tenaient derrière des chaises où les hommes venaient prendre place pour se faire raser et couper les cheveux.

Sur des ponts briqués de frais, des soldats qui pouvaient à peine tenir assis quelques heures plus tôt furent mis à l'exercice par des sergents dont la majorité avaient été aussi malades qu'eux. Enfin, presque aussi malades : la ventilation de leur pont était meilleure. Puis, retour à leurs quartiers qui avaient été passés au jet, récurés, et sentaient à présent le savon. Il y avait de quoi manger. Les estomacs sensibles rechignaient devant les gros morceaux de pain tartinés de margarine, le ragoût, le riz au lait. James mangea un peu, le fils du fermier davantage ; personne n'avait très faim. Ils étaient tous fatigués.

Des ablutions et des opérations de rangement similaires avaient lieu sur les ponts supérieurs. Le pont promenade avait une piscine ; les officiers – afin qu'ils le sachent, le sergent Perkins les en avait informés – se relayaient par vingt dans l'eau – salée – puis en ressortaient aussitôt pour céder la place aux vingt suivants.

Le soir, le Capitaine et les officiers supérieurs se couchaient tout habillés, laissant leurs bottes au pied du lit. Les sergents et quelques lieutenants, eux, occupaient des cabines prévues pour deux mais aménagées pour huit, quatre couchettes de chaque côté. Certains officiers supérieurs étaient à quatre ou six dans des cabines pour deux. Mais là-haut, bien sûr, les cabines étaient plus grandes.

— Et avant que vous le disiez, je vais le dire pour vous, déclara le sergent Perkins. Tout ça est casse-couilles. Mais personne ne fait une croisière de luxe, sur ce rafiot. D'accord ? D'accord. Bon, en rang par quatre !

Enfin sortis du golfe de Gascogne, ils faisaient route vers Freetown, cet ancien port de la traite des esclaves, qui connaissait une nouvelle prospérité grâce aux navires venant se réapprovisionner et se ravitailler en carburant. Toutefois Rupert Fitch prévint James qu'ils ne mettaient pas le cap au sud, mais à l'ouest. « Regarde le soleil ! » D'autres fils de paysans alertèrent les garçons des villes : « Regarde le soleil ! » Cette constatation provoqua un malaise d'un bout à l'autre du bâtiment. Ils n'allaient donc pas au Cap, alors ? Ni à Freetown ?

Et puis il commença à faire très chaud. Ces hommes qui n'avaient connu que les étés anglais, avec leurs rares journées vraiment brûlantes, étaient en nage et incommodés par la chaleur. Il n'y avait pas assez d'ombre sur le cinquième pont pour les centaines d'hommes allongés, assis ou même debout, et on comptait déjà des cas d'insolation. Le sergent « Ginger » Perkins, avec sa peau de roux, était violet quand il s'adressa à eux, la nuque et les bras marbrés d'urticaire solaire.

— Il fait trop chaud pour l'exercice, les gars. Ne vous fatiguez pas ! Et ne gaspillez pas votre ration d'eau… Elle commence à manquer.

L'eau douce, manquer ? Et toute cette eau de mer qui battait et clapotait en bas ! Quelques ignorants, tentés, laissèrent descendre leurs quarts pour en remonter et la burent malgré les mises en garde du caporal Clark. Ils furent malades. Les salons de réception réservés à l'infirmerie se remplirent. Tout le monde savait que certains officiers du deuxième pont étaient de nouveau pliés en deux.

En remettant leurs uniformes lavés à l'eau de mer, les hommes découvrirent que la transpiration, ajoutée au sel imprégné dans l'étoffe, leur donnait des démangeaisons ; le coton de leurs caleçons et de leurs chemises les irritait.

Le navire se dirigeait toujours vers l'ouest. Rupert Fitch s'accota au bastingage. Il observa le mouvement du soleil, comme il l'avait fait toute sa vie, les modifications de sa trajectoire sur les flots scintillants, et déclara qu'ils avaient désormais mis le cap au sud-ouest.

La chaleur coupait l'appétit aux soldats. Ils se seraient contentés de boire, mais un deuxième avertissement tomba d'en haut sur la nécessité des restrictions jusqu'à leur arrivée à destination.

— Courage, les gars, dit le sergent Perkins. Il y aura de l'eau à gogo à Freetown. Et puis des fruits. Il y aura des fruits. On ne crachera pas dessus, on mangera comme des rois. Qu'en dites-vous ?

Ils n'en disaient pas grand-chose.

Des tauds furent tendus sur toute la longueur du cinquième pont, procurant une maigre ombre brûlante où des hommes au teint de brique s'asseyaient ou s'allongeaient, pour rêver d'eau jaillissant des robinets, de bassins, de torrents ou de rivières, et fixer, quand l'éclat aveuglant le permettait à leurs yeux habitués à une lumière plus douce, l'océan désormais semblable à une mer d'huile où le soleil tapait dur. S'ils n'avaient pas eu si chaud et n'avaient pas redouté les sous-marins, les groupes de marsouins et de dauphins auraient pu les distraire. Des poissons volants bondissaient de la surface et venaient heurter les flancs de la coque avant de glisser de nouveau dans l'eau, morts ou vivants. Ou encore un amateur d'altitude porté par le vent retombait sur le pont parmi les hommes, qui le renvoyaient là d'où il venait.

Harold Murray, le vendeur de vêtements d'occasion, se leva du pont et se dirigea d'un pas raide et mal assuré vers l'échelle menant au quatrième niveau. Il gravit celle-ci, tandis que le caporal Clark, vociférant après lui, grimpait à son tour tant bien que mal, puis Harold prit l'échelle suivante pendant que le gros homme (plus aussi gros maintenant) s'essoufflait et peinait à le suivre. Harold Murray parvint ainsi au deuxième pont, où il fit le salut militaire à un commandant Birch stupéfait, en disant poliment :

— J'en ai marre, vraiment marre. J'en ai jusque-là. Je rentre à la maison.

On l'envoya chez les fous.

Les hommes faisaient la queue quotidiennement pour prendre leur douche d'eau salée qui piquait leur peau désormais rougie, parfois couverte de cloques. Leurs visages rasés de frais les brûlaient.

Aux heures de repas, ils touchaient à peine à la nourriture trop lourde : gamelles de ragoût, de soupe reconstituée, d'œufs brouillés faits avec de la poudre d'œuf, puddings au lait.

James était assis, adossé à la coque du bateau, Rupert Fitch à ses côtés, et regardait la mer en prenant le moindre marsouin ou dauphin pour un sous-marin. Tous les hommes à bord qui n'étaient pas trop malades fixaient la mer et croyaient voir des sous-marins. Si aujourd'hui les submersibles peuvent tourner autour du globe avec leur cargaison d'armes sans jamais faire surface, à cette époque ils devaient remonter à l'air libre. Soudain un homme criait :

— Regardez ! Là, regardez ! Un périscope, monsieur.

— Non, c'est un poisson.

Des poissons, il n'en manquait pas. Le navire se frayait un chemin dans une mer de poissons. Il rejetait à l'eau les ordures et les aliments non consommés, et les flots dans son sillage grouillaient d'espèces de toutes tailles qui se les disputaient, tandis qu'au-dessus, des oiseaux de mer criards miaulaient et piquaient pour arracher leur butin à ces gueules bondissantes. Un vrai spectacle ! À l'arrière, tous les ponts étaient bondés d'hommes assez bien portants pour en profiter, des officiers du navire pour la plupart, dont l'apparente immunité aux attaques du soleil et de la mer était ressentie comme un affront par la troupe.

Les contre-torpilleurs qui les escortaient semblaient être omniprésents, occuper une position différente chaque fois qu'ils les cherchaient des yeux, devant, derrière, bord à bord, leurs canons inclinés vers le bas, leurs projecteurs prêts à s'allumer si un sous-marin était en vue. Sur leur propre bâtiment, le pont supérieur était équipé de canons, et aussi de lance-torpilles et de projecteurs en attente.

Rupert Fitch affirmait qu'ils se dirigeaient vers l'est désormais ; ils avaient remis le cap sur Freetown. Et sur les périls, car des sous-marins étaient tapis à l'entrée du port de Freetown. Toujours assis les yeux clos, James imaginait leurs déplacements au fond de l'océan. « S'ils nous chopent maintenant, si nous coulons, si je meurs, songeait-il, alors je n'aurai pas trouvé ma dulcinée, celle qui est faite pour moi. Je ne connaîtrai jamais le véritable amour. » Il se remémora la fille du fermier du Northumberland et tenta de se persuader que ç'avait été de l'amour, et qu'elle rêvait de lui. Mais si le sous-marin les torpillait, c'était l'amour qui serait anéanti. Son amour à lui.

— As-tu une fiancée ? demanda-t-il à Rupert Fitch – qui répondit que oui, il s'était même engagé à l'épouser, et lui montra des photographies ; il était sûr qu'elle l'attendrait.

Puis le navire, dont la peinture de camouflage se boursouflait sous l'effet de la chaleur, finit par glisser vers Freetown. Tout le monde à bord guettait le bruit sourd d'une torpille. Mais ils passèrent sans problème et arrivèrent sains et saufs à bon port. Les soldats, privés de permission, regardèrent des contingents d'officiers descendre à terre, puis des conteneurs de vivres, et surtout d'eau, monter à bord, portés par des Noirs déguenillés et aux pieds nus. L'eau. L'eau inépuisable qui coulait des robinets et était stockée dans des tonneaux entreposés sur le pont. Ils buvaient sans pouvoir s'arrêter ; certains, en tâchant de ne pas être vus, versaient cette eau douce sur leurs têtes, ou sur leurs corps à vif et cloqués, en particulier sur leurs entrejambes cuisants et enflammés qui ne supportaient pas du tout l'eau salée. Deux jours d'escale à Freetown. Du jour au lendemain, leur régime alimentaire fut plus léger, plus savoureux, il s'enrichit de poulet et de poisson ; des fruits accompagnaient chaque repas. Ils se gorgeaient de ces fruits – que les trois quarts d'entre eux voyaient pour la première fois et dont ils n'avaient même jamais entendu parler –, comme s'ils avaient eu faim de papayes, d'ananas, de melons et de bananes plantains, et non pas de poires ou de pommes, ce qui se solda par quelques maux de ventre.

Et voilà qu'ils allaient de nouveau braver le danger : ils quittaient Freetown pour leur dernière étape, encore des milliers de milles à franchir jusqu'au Cap.

Sous sa couche de cloques et de taches, l'ancien *Bristol Castle* appareilla, un contre-torpilleur devant, un autre derrière. À présent, les soldats distinguaient les hommes en blanc – « Ce sont des gars de la Marine, ils ont l'habitude ! » – massés sur les ponts, sous les canons. Échanges de saluts militaires, coups de sirène mélancoliques. Puis les contre-torpilleurs prirent place de part et d'autre du navire. Sans que personne fût surpris, celui-ci remit le cap à l'ouest. C'était un stratagème pour berner les sous-marins qui devaient les attendre sur une route du sud.

— Mais, protestèrent les soldats, est-ce qu'ils ne s'attendent pas à un double bluff – et que nous mettions finalement cap au sud ?

— Il y a probablement des sous-marins sur les deux routes maritimes.

Si tant est que l'on pût parler, pour cette immensité déserte d'eau bleu-gris, agitée et tumultueuse, qui s'étendait devant eux jusqu'en Amérique du Sud, avec l'Afrique qui s'éloignait rapidement dans leurs dos, de quelque chose de compatible avec ne serait-ce que l'idée de lignes, de couloirs, de voies ou de routes maritimes…

Ainsi ces soldats, avec leurs voix et leurs accents très divers, échangeaient-ils des plaisanteries à tous les étages du bâtiment en fixant le lointain, prêts à repérer un périscope, l'émergence de la silhouette sombre d'un sous-marin, la course de la forme sombre d'une torpille venant vers eux. Ils plaisantaient parce que l'abondance et la sécurité de Freetown baignaient encore leur esprit, mais il faisait chaud, si chaud qu'ils retombèrent rapidement dans le même état qu'auparavant et, avec les paillasses de roseaux embarquées à Freetown, s'entassèrent sur les ponts criblés de soleil malgré les tauds qu'ils avaient dressés partout. Et puis la nuit salvatrice tombait. Pendant les longues et pénibles heures torrides, ils pensaient impatiemment à la nuit à venir, éclairée par la lune ou obscure, peu leur importait, à sa douceur bénéfique. Ou plutôt à sa douceur relative, qui n'était pas la fraîcheur de leurs attentes, mais qui, au moins, n'était pas non plus le supplice de la journée. Ils se dirigeaient toujours vers l'ouest. Les soldats auraient préféré piquer au sud, leur véritable direction : plus vite ils la prendraient, plus tôt ils arriveraient. Mettre le cap à l'ouest, c'était s'enfoncer dans l'inconnu. Vers Rio de Janeiro, non ? ou Buenos Aires ? Ils essayèrent de plaisanter, mais les plaisanteries tournèrent court parce que la mer forcit de nouveau ; sans se soulever ni rouler, elle se dressait en gerbes d'écume qui battaient les flancs du navire. Rupert Fitch succomba immédiatement : sa peau claire, semée de taches de rousseur, disparut sous les cloques, et sa température grimpa en flèche. Il monta sous bonne escorte chez les médecins du bord. Outre qu'il avait déjà mal au cœur et était accablé de chaleur, James se retrouva seul.

— Ça y est, je ne le reverrai plus, j'imagine…

Désormais, on ne laissait plus aucun soldat dans les soutes infernales. Tous étaient sur le pont. Les sergents, ceux qui tenaient encore debout, entre autres le sergent Perkins, s'étaient frayé un chemin jusque dans les hauteurs du bâtiment, étaient allés trouver leurs officiers, leur avaient adressé des requêtes urgentes. Deux officiers étaient descendus et avaient constaté que le pont était tellement bondé qu'il était impossible de circuler entre les centaines d'hommes ; ordre fut donc donné qu'un nombre suffisant – c'est-à-dire au moins plusieurs centaines pour qu'on vît la différence – monte au pont supérieur, qui accueillait les sergents et quelques officiers subalternes. Avec sa section, James fut de ceux qui montèrent. Une fois là-haut, les hommes purent se rendre compte de l'exiguïté des logements des sergents, à huit dans un espace pour deux – mais eux avaient des couchettes. Au moins, ils pouvaient s'allonger sur quelque chose de dur qui n'était pas le pont : ils n'avaient pas à se battre avec les hamacs. Et puis ils profitaient des hublots qui pouvaient s'ouvrir.

Pour maintenir un semblant d'ordre, ainsi que les subtilités de la hiérarchie, le tribord était réservé aux sergents et aux jeunes officiers, le bâbord aux autres gradés. Le matin on avait le soleil à bâbord, l'après-midi à tribord. Non que cela changeât grand-chose, puisqu'ils naviguaient toujours vers l'ouest, avec les contre-torpilleurs tournant autour d'eux, bien qu'à peine visibles à présent à cause des vagues. Et puis il y eut une tempête. Les soldats furent informés que c'était une tempête, cependant ils ne voyaient pas grande différence entre la violente agitation des flots qu'ils avaient connue il y a peu et celle qu'ils subissaient maintenant. Le sergent Perkins descendit leur dire :

— Courage ! le mauvais temps n'a jamais envoyé par le fond un bâtiment de cette taille !

Le mauvais temps, non, mais les sous-marins ?

Des centaines d'hommes dormaient sur les ponts, brûlants de fièvre, secoués de nausées et de haut-le-cœur ; ils avaient envie de vomir, mais leurs estomacs étaient vides. Au matin, ils avaient ordre de se lever ; ils se pressaient aux bastingages, agrippés à ces derniers ou les uns aux autres, pendant qu'une unité composée des veinards qui n'étaient pas malades passait les ponts au jet, et ils battaient en retraite devant l'eau de mer, qui leur provoquait des brûlures, avant de se recoucher ou plutôt de s'écrouler immédiatement.

L'eau vint de nouveau à manquer. Ils en déduisirent qu'un aussi long détour par l'ouest n'était pas prévu. Ce qui signifiait que ce détour leur servait à éviter quelque chose. Ils étaient donc pistés par un U-Boot ou plusieurs. Ils avaient soif. Curieusement, bien qu'il fît une chaleur étouffante, certains frissonnaient, signe d'une insolation, et ils montaient à l'infirmerie.

Pour supporter l'insupportable, ce qu'il faut c'est se raccrocher au temps qui s'écoule : une heure, une autre, encore une autre, non, je ne peux pas, non, je ne veux pas, je ne peux tout simplement pas le supporter, personne ne le pourrait, les élancements obsédants du mal de tête, comme si une cargaison d'eau sale se baladait sous votre crâne, la nausée, les douleurs dans les os, la peau cuisante. Des gars avaient la chair à vif et des cloques percées sanguinolentes : direction l'infirmerie. Des escouades apparurent deux fois par jour afin de repérer les plus mal en point, mais le navire tanguait tellement que, ayant du mal à garder l'équilibre, leurs membres titubaient parmi les hommes entassés sur les ponts ou se cramponnaient à un garde-corps pour tenter de discerner, de là où ils se trouvaient, qui était au plus bas. Les contusions et les cloques étaient faciles à voir, mais il y avait aussi des fractures.

Jour après jour, nuit après nuit. Et puis ils s'aperçurent – quelqu'un s'aperçut, et la nouvelle fit le tour – qu'ils avaient mis le cap au sud-est. Il y avait bien longtemps – c'était leur impression – que leurs souffrances avaient été absorbées par le désespoir de cette longue épreuve. Pourquoi celle-ci devrait-elle avoir une fin ? Si elle avait déjà duré aussi longtemps, alors elle pouvait durer éternellement. Ils allaient cap à l'est ? Mais qu'est-ce qui empêchait le bâtiment de virer de nouveau à l'ouest ? Non, ils ne se fiaient pas aux bonnes nouvelles.

Il devint manifeste que le soleil ne tapait plus aussi dur, ni aussi d'aplomb. Il ne faisait plus aussi chaud. La tempête était derrière eux, leur dit-on, mais ils roulaient et tanguaient toujours. Et puis, alors qu'ils tenaient à peine debout, on leur donna l'ordre de se lever. L'exercice était hors de propos, mais ils devaient se présenter au Cap au moins rasés et vêtus de propre. Les barbiers se réinstallèrent en rangs sur les ponts inférieurs, de grands bidons d'eau douce clapotant entre leurs genoux ; ils rasaient le premier qui s'avançait. Certains refusèrent : ils avaient le visage trop à vif. Il n'y avait aucun homme qui ne tressaillît au moment où l'acier effleurait sa peau brûlée par le soleil.

Le rationnement d'eau potable fut levé. À l'évidence, on avait envisagé de louvoyer plus longtemps d'un bout à l'autre de l'Atlantique, et l'eau avait été économisée à cette fin. Rien de ce que ces hommes entendaient depuis des semaines ne leur redonna plus de courage que la fin du rationnement d'eau. Mais d'eau potable seulement, notez bien. Il n'y en avait pas assez pour se laver, encore moins pour la lessive.

Ils durent donc mettre leurs tenues lavées à l'eau de mer, et tous les autres vêtements s'empilèrent de nouveau pour être blanchis au Cap. Et de nouveau, les tas d'uniformes sales, imprégnés de sueur, trempés d'urine et souillés de vomi, atteignirent des hauteurs.

Maintenant que la mer était calme – Pas possible ? Vraiment ? C'était là ce qu'ils appelaient calme ? –, ils reçurent l'ordre d'avaler ce qu'ils pouvaient d'un dîner léger. Le gros des œufs frais embarqués à Freetown avait été victime de la tempête, mais on leur servit du poulet et du pain, qu'ils mangèrent du bout des lèvres.

Pendant cette dernière nuit à bord, à l'exception des pensionnaires de l'infirmerie et des malheureux fous qui étaient maintenus sous calmants dans ce qui avait été jadis le salon d'écriture de deuxième classe, tout le monde était sur le pont, à guetter les premiers signes de la terre, la terre bénite, comme font les marins et les voyageurs des mers depuis des siècles après une mauvaise traversée. Sur le pont, à rêver du beau cap de Bonne-Espérance.

Les abords des ports étaient dangereux, tous le savaient, car où les sous-marins se seraient-ils tapis sinon là ? Les deux contre-torpilleurs étaient omniprésents, derrière, devant, partant apparemment au hasard avant de revenir. Et puis le jour se leva ; si elle était houleuse, la mer ne se dressait plus pour former les monstrueuses montagnes qui avaient semblé prêtes à engloutir le navire. Ils eurent ordre de prendre leur petit déjeuner.

— Allez-y, les gars ! ordonna le sergent Perkins qui était resté bien en chair, à la différence de ses hommes amaigris et hagards.

Mais ce n'était pas du thé, du pain et de la confiture que désiraient ces estomacs rétrécis.

Remontés sur le pont, ils virent une traînée de nuages bas délimiter la terre à l'horizon : c'était la montagne de la Table qu'ils apercevaient. C'était donc vraiment fini… Non, pas encore, le bruit courut qu'on avait repéré un sous-marin dans le secteur.

Le sergent Perkins se campa en face de ses cent hommes et de leurs caporaux.

— Bien, les gars. C'est fini. « Le temps et l'heure viennent à bout des journées les plus dures[15]… » Oui, on ne peut pas mieux dire, hein, les gars ?

Des hommes présents qui le regardaient, peut-être deux ou trois seulement savaient à qui attribuer la citation, mais tous les visages montraient que ces mots résumaient bien ce par quoi ils étaient passés. Pour sa part, le sergent Perkins les avait lus sur un calendrier il y avait longtemps, et ils exprimaient si bien ce dont il avait eu besoin à un moment crucial d'une adolescence difficile, qu'il avait alors fait sienne la philosophie qui s'offrait ainsi à lui et y était même revenu à maintes occasions depuis.

Alors, sous leurs yeux, il se drapa de nouveau dans l'étoffe du chef.

— Bon, ça y est ! cria-t-il. La récréation est terminée. On arrête de jouer. Deuxième classe Payne, votre ceinturon est de travers. Bon Dieu ! Quelle bande de tire-au-flanc ! Garde à vous ! Prenez votre tour derrière la section A pour débarquer.

Deux jeunes femmes se reposaient dans des chaises longues sous une véranda, en haut d'un des versants de la montagne de la Table, d'où elles dominaient la partie de l'océan par laquelle le bateau de transport de troupes devait arriver, ce jour-là ou le suivant. Là où elles s'étaient installées, les colonnes de la galerie ne leur bouchaient pas la vue : au moment où les bateaux apparaissaient à l'horizon, on pouvait les prendre pour une poussière qu'on avait dans l'œil, une baleine, ou même un oiseau de mer. Elles savaient que le transport de troupes allait arriver parce que leurs maris, tous deux affectés à la base de Simonstown, le leur avaient dit, sans préciser le nom du navire ni sa destination. Elles avaient gardé pour elles ce renseignement prometteur. Mais les bonnes et les hommes qui s'occupaient de leurs jardins avaient bien dû remarquer l'arrivée de provisions, sans parler du vin et de la bière.

Les deux amies étaient des hôtesses réputées pour leurs réceptions et leur générosité. Ce ne serait pas leur premier transport de troupes, ni certainement le dernier. Pendant le temps où les troupes étaient en permission, tandis qu'on procédait au ravitaillement du navire en carburant, en eau et en vivres, la ville du Cap, méconnaissable, se transformait en un centre de soudards en quête de ripaille, de boissons et de filles. Bien sûr, il était interdit de toucher à la chair noire ou café au lait, mais cela ne voulait pas dire que le règlement était toujours respecté.

Les deux femmes, Daphne Wright et Betty Stubbs, prévoyaient déjà des journées de festivités : au moins deux, avec un peu de chance quatre, ou même cinq.

Sous un arbre du jardin, la nounou de couleur était assise avec un beau bébé d'environ dix-huit mois, qui commençait à pleurnicher.

— Bon, amenez-la-moi ! cria Betty.

Et la nounou, une grosse fille café au lait avec une robe rose et un tablier blanc, vint déposer la petite sur le ventre de sa mère, où elle s'étala et s'endormit aussitôt. La nounou reprit sa place sous l'arbre, d'où elle pouvait guetter le moment où l'on aurait de nouveau besoin de ses services. Elle se mit à tricoter.

Daphne observait la scène par-dessous la main qui lui protégeait les yeux de la lumière éblouissante.

— J'ai un cafard du diable, Bets.

Elle caressa son ventre plat. Elle avait une jupe coquelicot et un chemisier blanc ; avec ses cheveux blonds, elle faisait penser à la jeune fille d'une réclame pour des vacances de rêve.

— Mince ! Laisse-moi respirer ! Dix-huit mois, c'est trop tôt ! Nous nous y mettrons ensemble et nous serrerons les coudes.

— Joe veut attendre la fin de la guerre.

— Ça risque de prendre des années.

— Il dit qu'il n'a pas envie que je sois veuve avec un enfant à charge. Moi, je dis que j'aimerais avoir quelque chose en souvenir de lui.

Leurs deux époux partaient pour des expéditions ultrasecrètes dans divers coins d'Afrique, et elles souffraient jusqu'à leur retour.

— Bertie m'a raconté que Henry (le mari de Betty) avait dû faire un atterrissage forcé dans la savane le mois dernier, remarqua Betty. Ils ont failli se crasher, il s'en est fallu de peu.

— Henry ne t'en avait pas parlé ? – Daphne était au courant parce que son mari le lui avait dit mais, ne sachant pas si Betty était dans la confidence, elle avait eu soin d'éviter ce sujet.

— Non, il ne m'en a pas parlé. Je ne cesse de lui répéter que c'est pire quand il me cache des choses.

— Il y a beaucoup de choses qu'ils nous cachent.

Betty caressait le dos délicat de sa petite fille, à peine couvert par un bout de brassière blanche. Daphne répéta :

— Mais j'ai le cafard, un cafard du diable. Je crois que je vais tomber enceinte, que ça lui plaise ou non.

— Bien sûr que ça lui plaira !

Elles reprirent leur surveillance de la mer en apparence inoffensive, mais où des sous-marins pouvaient patrouiller en ce moment même. Toujours aucun signe du transport de troupes, aucun bateau en vue, seulement les prairies bleues de la mer.

— Si c'est trois soirées, nous serons fauchés pendant des mois, poursuivit Betty.

— Et s'il y en a une quatrième, nous serons à court de vivres et de tout.

— On peut toujours prendre la voiture pour voir ce qu'on peut trouver dans les campagnes.

— Et l'essence ?

— J'en ai un peu de côté.

Après cet échange à la tonalité bougonne et rassurante, Betty s'était endormie. Elle était abandonnée, avec son bébé sur elle, ses longues jambes et ses longs bras hâlés étendus, ses cheveux bruns lui retombant en travers du visage.

Daphne se souleva sur un bras et contempla ce charmant tableau. Les larmes n'étaient pas loin. Elle voulait vraiment un bébé. Elle avait fait une fausse couche et accueillait à présent l'apparition régulière de ses règles avec le sentiment de n'être bonne à rien ; et pourtant ils faisaient ce qu'il fallait, ou plutôt Joe le faisait, mais tous deux voulaient un bébé.

Elle pensait que Betty était la seule personne, parmi un assez large cercle de relations, à qui elle pouvait vraiment se confier. Elles savaient tout l'une de l'autre. Cette heureuse situation avait débuté dès l'instant où elle, Daphne, avait débarqué au Cap pour épouser Joe.

Daphne était une jeune Anglaise vivant dans une petite ville de la campagne anglaise, quand le beau Joe Wright était venu rendre visite à un ancien camarade d'école. Il était en permission et débarquait de Simonstown, en Afrique du Sud. C'était en 1937. Ils avaient dansé toute la nuit au grand bal de la Saint-Jean, et elle avait eu le coup de foudre. « Tu as eu le coup de foudre. » Eh bien, c'était vrai. « Épousez-moi », lui avait-il dit, ou plutôt ordonné, et elle l'avait suivi à bord du premier navire de l'Union Castle en partance pour Le Cap. Le *Stirling Castle.* (Peut-être le même bateau qu'elles attendaient à présent.) Cela avait été un grand mariage. Joe appartenait à une vieille famille du Cap. Daphne, avec son manque d'expérience, aurait pu se sentir écrasée, mais non. La jeune fille qui avait posé le pied au Cap n'était plus la Daphne qui avait embarqué. À bord se trouvait un groupe de jeunes Sud-Africaines qui revenaient d'un périple autour de l'Europe, où elles s'étaient bien amusées. Au début elle avait été choquée, et puis elle les avait enviées. Leur style était différent de celui des jeunes Anglaises : libres, liantes, bruyantes, péremptoires, elles portaient des toilettes qu'elle avait d'abord jugées voyantes. Par hasard, Daphne avait entendu l'une dire à son sujet :

— Elle est anglaise, savez-vous. Une Anglaise bleu layette. *Little Miss Muffet*[16]...

Daphne, blonde aux yeux bleus et au teint de nacre, s'habillait en effet souvent en bleu layette. « C'est votre couleur. » Elle portait de ravissantes robes en crêpe de chine avec des cols en dentelle et de petits boutons sur le devant; elle arborait chapeaux et petits gants blancs. « On reconnaît une dame à ses gants. » Elle se trouva tout à coup fade et timorée.

Elle n'était pas plus tôt arrivée au Cap qu'elle avait jeté par-dessus bord son trousseau et s'était mise à porter des couleurs vives ; sa chevelure d'or pâle avec ses coques et ses frisottis s'était métamorphosée en un lourd chignon blond ; elle avait forcé sa voix et perdu les manières douces et timides qu'on lui avait enseignées. Elle s'était épanouie en une bonne maîtresse de maison du Cap, donnant des soirées qui étaient vantées dans les rubriques des échos mondains, et faisant en général honneur à son mari.

Mais lui, que pensait-il de tout cela ? Il s'était épris d'elle à cause des qualités mêmes qu'elle avait rejetées. « Un changement rafraîchissant par rapport aux jeunes filles sud-africaines », avait-il dit, jouant avec ses mèches d'or pâle de petite fille, faisant l'éloge de son teint d'Anglaise et de sa bouche en bouton de rose qu'elle balafrait désormais de rouge à lèvres. En fait, elle surpassait les jeunes Sud-Africaines qui l'avaient dédaignée ; elle était plus provocante qu'elles. Joe avait protesté une ou deux fois pendant la métamorphose :

— Voyons, Daff ! Vous n'en faites pas un peu trop ?

Pleurait-il sa timide femme-enfant ? Mais ils étaient bons camarades, c'est ce qu'il lui disait, et répétait à tout le monde. Comment ne pas être fier d'elle, qui surpassait les épouses de ses pairs officiers par son entrain et son chic ? Et puis n'était-elle pas drôle, aussi, et brave en toutes circonstances ?

Betty, la femme sud-africaine du capitaine Henry Stubbs, vivait dans une maison voisine, semblable à celle de Daphne ; elle avait le même âge, vingt-quatre ans ; les deux maris avaient le même grade, elles vivaient donc toutes deux à Simonstown. Il était inévitable qu'elles « se connaissent », et elles étaient même devenues amies. De vraies amies. Les seules amies, les meilleures amies l'une de l'autre.

Appuyée sur un coude, Daphne observait son amie, l'adorable Betty Stubbs, coupée du monde, sa petite fille étendue sur elle, toutes deux mystérieuses, plongées dans le sommeil. Envahie par une sensation de froid et de peur, elle songea qu'elle avait son « bon camarade » Joe et sa « bonne camarade » Betty auprès d'elle sur ce continent effrayant, mais qu'en dehors d'eux elle était seule ; sans eux elle aurait été à la dérive. Seule, loin de chez elle et en temps de guerre. « Il y a la guerre. » « N'oubliez pas, il y a la guerre. » Amusant, comme les gens aimaient dire cela ! Y avait-il une chance qu'on pût l'oublier ? Évidemment, non !

« Si j'avais un bébé, j'aurais quelque chose à moi », songeait-elle, mélancolique, vulnérable, comme si elle était un morceau de bois flotté venu d'Angleterre et rejeté sur les rivages du Cap. Une jeune Anglaise « bleu layette » intrépide, qui avait appris à aimer provoquer les autres. Juste un brin, juste ce qu'il fallait.

« Je suis d'humeur massacrante », pensa-t-elle encore, se remettant sur le dos, mais gardant la tête tournée afin d'avoir toujours dans son champ de vision les deux visages, celui de la femme et celui du bébé. Elle était sujette aux sautes d'humeur. Quand elle avait eu sa première crise, qu'elle avait pleuré en tremblant, Betty lui avait expliqué qu'elle avait le mal du pays, et la jeune bonne lui avait préparé un café fort en lui disant : « Pauvre madame, tu es loin de ta maison. » Et pourtant elle remerciait tous les jours sa bonne étoile de ne pas être en Grande-Bretagne, où l'on souffrait tant. Oui, sa maman, son papa et son petit frère lui manquaient, mais elle était désormais si différente de cette Daphne qui avait été jadis une fille et une sœur aînée ! Un jeune homme qui s'était entiché d'elle l'avait comparée à une fleur frémissante. Elle s'était moquée de lui, mais à présent elle se disait : « Eh bien, "Fleur Frémissante", c'est bien moi aujourd'hui. »

« Mais je veux un bébé, oui, j'en veux un, j'en veux un. » Et elle laissa ses larmes couler et aller se perdre dans la masse de son chignon. « Je vais en reparler à Joe. » Elle s'endormit à son tour. Quand les deux jeunes femmes se réveillèrent à un cri poussé par la petite fille, la nounou se penchait pour prendre l'enfant. Elle les informa qu'un gros bateau approchait rapidement de la côte.

— Le bateau arrive, Madame, dit-elle. Maintenant nous pouvons donner une belle fête.

Comme le navire accostait, clandestin sous son camouflage, des files d'automobiles descendaient déjà au pas les rues pentues à sa rencontre. Tous avaient reçu une ration d'essence supplémentaire, parce que la cause, « donner du bon temps aux troupes britanniques », l'emportait sur la nécessité d'économiser le carburant. Daphne était au volant de sa voiture et Betty la suivait, au volant de la sienne. Les deux amies étaient connues des comités d'accueil, qui comptaient sur elles pour recevoir autant d'hommes que les lois de l'hospitalité le leur permettaient. La triste vérité, c'était qu'il y avait trop d'hommes et pas assez d'hôtesses, et qu'un tas de femmes que les dames respectables du Cap n'auraient en temps normal jamais regardées avaient droit elles aussi, ce jour-là, à des sourires. Un petit orchestre jouait quelque part, mais le tohu-bohu, les bruits venus du navire et le hurlement des ordres noyaient la musique.

Joe avait téléphoné à Daphne :

— Ils en ont vu de dures, j'en ai peur. Un sous-marin a même failli les avoir, mais ils ne le savent pas. Ils ont droit à tous les égards. Dites à Betty que son homme est en bas, avec le comité d'accueil. Et puis il nous faut en mettre deux cents à l'hôpital. Voyez ce qu'il est possible de faire en quatre jours.

— Oh ! Alors ce sera quatre jours ?

— Oui, mais ne l'ébruitez pas. Et ne tombez pas malades, parce que les hôpitaux seront pleins. Le moindre lit d'hôpital à des kilomètres à la ronde... Ne nous attendez pas à la maison ce soir.

Lorsque les soldats commencèrent à descendre l'échelle de coupée, il fut évident pour tous qu'ils avaient connu de sales moments. Ils ressemblaient plus à des invalides qu'à des soldats. Ils se cramponnaient aux garde-corps, maigres et mal en point, le regard fixe. On serra la main aux premiers d'entre eux ; chancelants, ils durent se tenir au repos pendant les discours de bienvenue. Ils se dirigèrent ensuite vers les véhicules en attente, hésitèrent, et puis, invités par des signes de main chaleureux et des portières qui s'ouvraient, s'entassèrent à l'intérieur en aussi grand nombre que possible. Les officiers d'abord. Pour le dernier bateau de transport de troupes, Daphne avait reçu des officiers et elle avait prévenu Joe que, cette fois-ci, elle prendrait le tout-venant. Et ils continuaient à descendre, il n'y avait pas de fin aux files de soldats. Le sol tanguait visiblement sous leurs pieds. Il y en eut même un qui tomba, et il fallut l'aider à se relever. Daphne ouvrit la portière de sa voiture à des sous-officiers, qui montèrent derrière, ils étaient cinq, et puis elle vit un grand soldat efflanqué, aux gestes maladroits, qui tendait la main comme s'il cherchait quelque chose à quoi se raccrocher. Elle ouvrit aussi la portière avant du côté passager. Il se retourna et s'avança à tâtons vers l'auto, s'agrippa au haut de la portière pour ne pas perdre l'équilibre et s'affala sur le siège. Il était tout pâle et en sueur.

— Ça a été une sacrée traversée, entendit-elle dire sur la banquette arrière avec un accent qui lui était familier, celui du sud-ouest de l'Angleterre.

— C'est ce qu'on nous a dit, répondit Daphne, sentant que sa personne propre et parfumée devait mortifier ces hommes qui empestaient, il n'y avait pas d'autre mot.

Elle avait peine à se retenir de vomir. Du jeune homme assis à côté d'elle, qui semblait n'être encore qu'un gamin, émanaient des vagues de mauvaises odeurs.

— Il y a une possibilité de se laver ? lui parvint-il encore de la banquette arrière.

— Ou même de prendre un bain ? renchérit un Écossais.

— Bien sûr ! dit Daphne, montant à vive allure vers sa maison.

Sur son perron se tenaient ses deux bonnes, ainsi que l'homme qui s'occupait du jardin, et sur celui de Betty, les domestiques et le jardinier de celle-ci. À leurs visages, on devinait ce qu'ils ressentaient à la vue de ces fantômes.

Le gamin à ses côtés se réveilla, descendit en trébuchant de la voiture, gravit les marches et se laissa tomber dans la chaise longue où elle s'était assise le matin même. Là, il se recroquevilla, la tête sur les genoux, les bras autour de la tête.

— Des bains ! ordonna-t-elle. Et beaucoup de serviettes de toilette !

Sur le perron de Betty se déroulait une scène similaire.

— Mais nous n'avons rien pour nous changer, dit un des hommes.

— Prenez les robes de chambre que vous trouverez, recommanda Daphne à ses domestiques. Tout ce que vous trouverez.

Elle alla chercher dans la garde-robe de Joe de quoi les vêtir, ces survivants. L'un après l'autre, ils sortirent propres de leur bain ou de la douche, enveloppés dans des robes de chambre de son mari ; l'un portait même un vieux peignoir à elle. En temps normal, le grand costaud en kimono à fleurs roses et mauves aurait été la risée de tous. Comme c'était l'heure du goûter, on leur servit du thé, du café et des gâteaux. Durant tout ce temps, le jeune homme qui semblait plus mal en point que les autres n'avait pas bougé de la chaise longue, et il semblait peu disposé à le faire.

Une grande réception était prévue ici même, dans la soirée. Ces hommes n'étaient visiblement pas en état d'assister à une fête. Elle leur posa la question, et ils lui dirent qu'ils seraient heureux de rester tranquilles pour permettre au sol de cesser de tanguer. D'ailleurs, ils avaient quatre jours devant eux.

Elle les laissa, le temps de téléphoner pour annuler les préparatifs et d'aller voir le jeune malade. Il semblait hébété ou en transe. Elle s'agenouilla à son côté et lui demanda son nom.

— Je m'appelle James, répondit-il.

— Eh bien, James, si vous preniez un bain et que nous donnions votre linge à laver…

Il essaya de s'asseoir ; elle passa un bras derrière lui et sentit la pression de ses os pointus.

— Vous avez besoin d'engraisser un peu, dit-elle, tentant de le soulever.

— Nous avons eu le mal de mer presque sans arrêt, dit-il d'une voix normale, avec un sourire.

Elle l'avait aidé à se lever et le maintenait à présent debout. Elle se dirigea avec lui à petits pas vers la salle de bains. Une fois à destination, il fut évident qu'il n'était pas capable de prendre son bain tout seul.

— Vos camarades semblent en meilleure forme que vous.

— Ils sont sergents, murmura-t-il.

Cela ne voulait encore rien dire pour elle. Elle fit couler un bain et demanda à sa jeune bonne, Sarah, d'aider leur hôte à entrer dans la baignoire et à se laver. Elle aurait pu s'en charger elle-même mais, pour une raison ou une autre, n'y tenait pas. Pendant qu'il faisait sa toilette, elle réfléchit au moyen de trouver de quoi vêtir ce jeune homme famélique. Elle téléphona chez le frère de son mari pour demander si on ne pouvait pas lui faire passer des affaires pour habiller un homme grand et maigre. Son beau-frère, qui était en Afrique du Nord pour combattre Rommel, était lui aussi grand et maigre.

Une domestique apporta une brassée de vêtements.

Daphne les tendit depuis la porte de la salle de bains ; quelques minutes après, soutenu par Sarah, le jeune homme sortait dans une tenue qui lui allait plus ou moins.

À présent Daphne devait s'occuper de ces piles d'uniformes nauséabonds. Elle mit les domestiques au travail ; sur les pelouses, devant les maisons de Daphne et de Betty, les quatre bonnes s'agenouillèrent sur des sacs pour savonner les uniformes à la brosse sur des planches à laver. De la mousse voletait partout.

Des lits de fortune furent ensuite installés dans toute la maison. Le dîner fut servi accompagné de vin et de bière, mais les hommes redoutaient l'alcool. Le gamin frêle, James, était à la table des quatre sergents. Toute distinction de rang était abolie pendant la durée de leur séjour, avait déclaré le sergent originaire du Devon. Ils contemplaient le rôti de porc et les légumes.

— Allez, les gars, dit le sergent écossais. Il faut qu'on se refasse une santé.

Ils firent un effort, mais la grande jatte de salade de fruits descendit plus facilement.

Il était encore tôt. Les hommes se réunirent au salon pour écouter les actualités radiophoniques, rendues anodines par la censure. La diffusion de la nouvelle qu'un transport de troupes était à quai avait bien été autorisée, mais on ne disait rien sur le temps qu'il devait y rester. Cela la dérangeait-elle s'ils allaient se coucher ? Ils se levèrent pour gagner chacun leur lit. James, lui, resta assis.

Joe téléphona pour savoir comment les choses se passaient. Elle lui fit un compte rendu, et il l'engagea à demander à leur médecin de venir jeter un coup d'œil aux gars.

James la regardait fixement.

— Vous êtes comme une vision. Vous ne pouvez pas vous imaginer… On oublie qu'il existe des femmes ravissantes quand on est à bord avec tous ces hommes.

— Alors, ç'a été très dur ?

— Oui, très dur.

L'impossibilité de lui communiquer son expérience le réduisit au silence, puis il tendit sa longue main maigre, qui émergeait de la manche de chemise bleue du frère de Joe, et lui toucha le poignet :

— Vous êtes bien réelle, poursuivit-il, fronçant le sourcil. Vous n'êtes pas le fruit de mon imagination. (Il la dévisagea, sérieux, puis sourit :) Vous êtes si belle, conclut-il.

Les domestiques se tenaient autour, prêtes à servir le café.

— Bien, c'est tout, leur dit Daphne, pas de café ce soir.

Elle se leva pour l'aider à se mettre debout, mais il y parvint tout seul et, sans se raccrocher à quoi que ce fût, la suivit sous la galerie, où un lit avait été improvisé, à grand renfort de couvertures. Il s'y assit et demanda à son tour :

— Comment vous appelez-vous ?

— Daphne, répondit-elle.

— Bien sûr, un nom de déesse pour une déesse.

— Pas une déesse, juste une humble petite nymphe !

— N'allez pas vous changer en laurier, blagua-t-il.

Elle était impressionnée, bien qu'elle eût entendu des plaisanteries sur le laurier toute sa vie.

— Pas de pyjama, dit-elle. Désolée.

Lentement, il retira son pantalon et sa chemise bleue, ne gardant que le caleçon de Joe, qui pendouillait sur lui à la manière d'un pagne. Il se glissa dans son lit, d'où il la regardait toujours avec le même sourire, comme si c'était une merveille.

— Vous êtes anglaise, dit-il.

— Oui, comme vous.

— Oui.

— Ça va aller ?

— C'est comme dans un rêve, répondit-il, levant les deux bras pour l'attirer à lui.

Il la serra contre son corps. Il était vigoureux, malgré tout. Il tourna la tête afin d'enfouir son visage dans son cou et ses cheveux.

— Vos cheveux embaument, chuchota-t-il.

— Vous allez devoir me lâcher, protesta-t-elle.

— Pourquoi ? se récria-t-il.

Cette absurdité la fit rire, et elle se dégagea. Mais il lui attrapa la main et la pressa contre sa joue.

— Au paradis, reprit-il, je suis au paradis.

Puis il s'endormit et elle rentra dans la maison, troublée. Oh oui ! extrêmement troublée, même si elle n'eût su dire pourquoi. Un pauvre gamin abandonné, à moitié mort de faim, mais qui avait retrouvé son odeur d'homme… Le cœur de Daphne battait la chamade. Elle s'assit seule dans son salon, fuma une cigarette, une autre, puis téléphona à Betty.

— Les miens dorment tous, dit-elle.

— Les miens aussi. Ils sont en piètre état.

— Nous allons les remplumer.

— Avant de les renvoyer à bord. C'est une honte.

— Et notre soirée de demain soir, alors ?

— Nous la donnerons, et ils pourront être de la partie si bon leur semble.

Le lendemain matin elle se leva de bonne heure, comme d'habitude, et déambula en peignoir dans la maison, où ses protégés étaient tous encore dans les limbes. Mentalement, elle les avait baptisés Tom, Dick et Harry, car elle avait tendance à confondre ce groupe avec le dernier, dont la venue remontait à quelques semaines. Elle fit le tour du jardin, qui serait en fête ce soir-là ; il était déjà décoré de lampions et de lumières. En fête et bondé. Elle appela la base pour parler à son mari et lui dit que la réception aurait lieu le soir et le lendemain aussi ; il lui répondit qu'il était désolé de ne pouvoir y assister.

— Les choses ne sont pas trop… Non, je vous expliquerai de vive voix.

Elle prit son petit déjeuner seule, fruits et café. Puis elle alla à la cuisine, pour préparer la soirée avec les domestiques et le jardinier. C'était leur troisième transport de troupes, et tous les quatre étaient de vieux routiers.

Aucun signe de vie ne se manifesta avant le milieu de la matinée, mais Tom, Dick et Harry – les sergents Jerry, Ted et John – finirent par émerger en bâillant. Elle resta avec eux le temps de voir disparaître les œufs au bacon et les tomates cuites : ils avaient retrouvé l'appétit. À cause de la recommandation de Joe, elle remarqua que leur peau à tous présentait des plaques rêches et enflammées. Ils lui montrèrent des cuisses et des torses rouges, irrités et, par endroits, suppurants.

— J'ai appelé notre médecin.

Ensuite, elle se dirigea vers le coin où James dormait toujours. Il s'éveilla avec un cri, puis se redressa, appuyé sur un coude et souriant. Elle était assise à distance respectueuse.

— Comment va votre peau ? Le médecin va venir.

Chez lui aussi, elle voyait des plaques qui rappelaient la rougeole ou un érythème solaire. Et son genou, enflé, avec une cicatrice au milieu d'une boursouflure de chair blanche ! Et il avait les pieds rouges et gonflés.

— Nous ne retirions pas souvent nos bottes.

Il lui prit la main et la porta à sa joue, les yeux clos, l'air grave, les lèvres tremblantes.

— James, dit-elle, aussi grave que lui, je suis mariée.

— Ne soyez pas bête.

Ce n'était certainement pas le badinage d'un séducteur, mais un assez bon résumé de la situation.

— Mais vous devez vraiment voir le médecin !

Il lui baisa la main avant de la lâcher.

L'un après l'autre, le médecin examina les jeunes gens et les déclara tous en piteux état. Des bains d'eau froide guériraient leurs lésions dermatologiques, mais ils n'allaient pas tarder à rembarquer. L'un d'eux avait une mauvaise toux. Un autre avait des ganglions enflés. Tous avaient mal aux pieds, ainsi que des contusions là où ils s'étaient cognés à cause du roulis et du tangage du bateau.

— À vous voir, je parie que vous ne gardiez pas grand-chose dans l'estomac…

Il leur conseilla de se rendre à pied à son cabinet de consultation, à deux rues de là, pour divers traitements. Entre-temps, Betty était arrivée.

— Qu'est-ce qui t'arrive ? lança-t-elle à Daphne.

— Que veux-tu dire ?

— Tu n'as pas l'air d'être toi-même.

— Je ne suis pas moi-même.

Les cris de Sarah dans la cuisine devancèrent la confession de l'une et la mise en garde de l'autre :

— Mary, Mary, où as-tu mis les poulets, hein ?

Et Mary de répondre :

— Où je les ai mis, alors qu'ils n'ont pas encore été livrés ?

— Il n'y aura pas assez à manger, prédit Daphne.

Elles montèrent dans l'automobile de Betty et roulèrent à travers la campagne jusqu'à la première épicerie, boucherie ou boulangerie qu'elles purent trouver. Mais d'autres avaient déjà eu la même idée : les magasins avaient été vidés les uns après les autres. À la fin, elles dénichèrent des étagères encore chargées de pain, ainsi qu'un boucher à qui il restait une carcasse de mouton. De retour avec leur butin, elles trouvèrent leurs protégés sous l'arbre du jardin de Betty, affalés tous les dix sur des tapis ; les bonnes les gavaient de jambon, de poulet et de salade.

— Nous pourrions vous emmener visiter les curiosités locales en voiture, proposa Betty.

— Oui, nous pourrions vous conduire sur la montagne de la Table, renchérit Daphne.

Les jeunes gens s'accordèrent à dire que rien ne pouvait leur être plus agréable que de rester là où ils étaient, à contempler d'en haut leur ennemi juré, la mer qui, ce jour-là, étincelait comme si elle s'était parée de plumes de paon ; elle ressemblait à tout, sauf à ce qu'elle était réellement, une tueuse infestée de sous-marins.

Betty et Daphne s'assirent à côté d'eux sur l'herbe avec le bébé, toutes deux avec ce sourire maternel qui est presque l'équivalent d'une ceinture de chasteté. Mais, à la différence des précédents débarquements de transports de troupes, ce groupe-ci était trop délabré pour représenter une menace. Daphne sentit le regard du jeune homme posé sur elle, vit ses yeux affamés et hantés, puis jeta un coup d'œil à Betty, à qui, bien sûr, rien n'avait dû échapper. Il allait déjà mieux, tous allaient mieux : ces jeunes hommes récupéraient comme ils respiraient, et mangeaient, mangeaient, engloutissaient des monceaux de raisin. L'air était chargé d'odeurs de liniments et d'onguents ; on apercevait bien ici et là des pansements sur des peaux enflammées, mais ce n'était déjà plus les épouvantails qui avaient débarqué la veille.

Puis ils avouèrent tomber de sommeil, et tous regagnèrent leurs lits. C'était le début de l'après-midi. Aux quatre coins des deux jardins qui n'en faisaient plus qu'un pour les besoins de la réception du soir, des tréteaux avaient été dressés, chargés de piles de couverts, d'assiettes et de verres. Des odeurs de viande cuite émanaient des cuisines. Les préparatifs se poursuivaient non seulement là, mais dans toute la ville, et des hommes en uniforme erraient déjà dans les rues hautes. Ils seraient des centaines, espérant être chanceux, espérant être bien reçus.

Les organisations qui s'occupaient de ces incursions de transports de troupes cherchaient des bénévoles pour donner ces soirées, sachant que seuls les invalides y renonceraient. Les heureux élus étaient tirés au sort : des noms pêchés dans un seau. Pendant les jours et les semaines qui suivirent, des bouts de papier au nom du capitaine E.R. Baker, du sergent « Red » Smith, du caporal Berners, du fusilier Barry ou du deuxième classe Jones, des centaines de bouts de papier inondèrent la ville entière ; s'entassant dans les caniveaux, obstruant les rebords de fenêtre, voltigeant ici et là au gré du vent, les patronymes de Tom, Dick et Harry se glissaient partout, alors que leurs titulaires étaient en partance pour... Mais ce ne pouvait être que l'Inde.

Betty et Daphne s'étaient inscrites pour accueillir chacune quatre cents hommes, conscientes que les malchanceux et ceux qui n'avaient pas été invités monteraient à tout hasard regarder les jardins en fête, tels des gamins pauvres plantés devant une devanture de magasin. Et ils seraient alors conviés à entrer. Qui oserait les chasser ?

Les jeunes gens se réveillèrent vers cinq heures, et cette sieste leur avait fait faire un pas de plus vers la santé. Leurs uniformes étaient propres et repassés, eux-mêmes rasés et bien peignés.

À six heures, Betty repartit chez elle pour s'habiller, tandis que Daphne passait en revue ses toilettes du soir dans sa vaste garde-robe pleine à craquer ; elle et son Joe avaient beaucoup aimé les bals. À son arrivée dans ce pays, les deux couples sortaient souvent danser. Devant elle s'alignaient ses robes de soirée, impeccables et prêtes pour l'action.

Elle sortit la plus élégante à ses yeux, même si celle-ci pouvait passer pour une simple robe blanche. Elle était en effet en piqué de soie blanc, raide et lustré, mais à des années-lumière de la robe blanche que Daphne aurait portée en tant qu'Anglaise ; elle se voyait d'ici, en mousseline blanche souple, brodée de rose ! Elle revêtit donc son armure immaculée, présentée sur le patron comme une « toilette d'une simplicité classique ». Daphne se sourit dans le grand miroir. Elle était éclatante : ses épaules satinées, le chatoiement du tissu clair, ses cheveux, ses yeux. Elle fit claquer les fermoirs de son collier et de ses bracelets de jais luisant, ceux de sa grand-mère, une parure de deuil ; le jais convenait au deuil, mais regardez comme il la mettait en valeur ! Les cheveux à présent ; ils tombaient tout droit, ses cheveux blonds de lionne, soumis aux permanentes, non pour les onduler, mais au contraire pour les raidir et leur donner du volume. Ensuite, elle examina de près son visage enchâssé dans son cadre blond, puis elle murmura : « Non, non, non, non, non. » Elle tremblait. « J'ai perdu la tête », dit-elle à son reflet, mais en s'adressant sans doute à son amie Betty. « Oui, j'ai perdu la tête. » Elle remonta sa chevelure en chignon, ce qui lui donnait dix ans de plus et la métamorphosait en dame. Elle n'avait plus rien de Ginger Rogers (on disait que, les cheveux lâchés, elle ressemblait à Ginger Rogers). Elle était redevenue la maîtresse de maison, rien d'autre. À son côté se tenait la rose anglaise en mousseline de soie blanche, son alter ego invisible, la chrysalide dont elle s'était dépouillée. Une bouche en bouton de rose souriait vaporeusement : Daphne prit son rouge à lèvres écarlate et la ratura. Bien protégée, elle alla au-devant de Betty, qui revenait. Les deux inséparables étaient ravissantes, et elles le savaient. « Vous êtes vraiment ravissantes ! » Et aussi « La brune et la blonde. » Betty portait sa robe de taffetas tête-de-nègre. Elles avaient confectionné leurs toilettes de bal d'après des patrons de *Vogue*, en les montant sur des machines à coudre Singer, côte à côte à une table dans l'une ou l'autre maison, selon leur caprice. Elles étaient fières de leurs créations. « Dior, hors de ma vue ! », ou « Norman Hartnell, nous voilà ! », chantaient-elles à leurs reflets mutuels. Au début, la robe de Betty manquait de finition. Elles avaient essayé la broderie diamantée ou des broches de couleurs vives. « Vulgaire, avaient-elles tranché. Non, ce n'est pas ça... » Daphne s'était souvenue que son double « rose anglaise » avait un petit collier et des bracelets de pâquerettes blanches qui auraient pu être faits pour aller avec – ou plutôt contre – le côté formel de cette robe brune et apprêtée. Un choix si heureux que les deux amies s'étaient tordues de rire, contentes d'elles.

Deux jeunes femmes, il n'y avait encore pas si longtemps des jeunes filles dans la maison paternelle, s'étaient retrouvées à leur tour maîtresses de maison, entourées de maris indulgents et de domestiques. Du temps et de l'espace pour s'étaler, puis pour s'apercevoir que ce qui prévalait chez elles, c'était leur goût pour les arts d'agrément. Elles transformaient des pièces à coups de couleurs et de textures, modifiaient leurs jardins, se découvraient de nouveaux talents tous les jours, se comportaient comme des conquérantes sur de nouvelles terres, mais ce qu'elles préféraient c'était se transformer elles-mêmes, à l'aide de leurs machines à coudre. Souvent, alors qu'elles semaient des longueurs de tissu à la ronde ou se drapaient dedans, elles s'esclaffaient et s'écroulaient sur des chaises, malades de rire. « Heureusement que personne ne peut nous voir, Bets ! — On nous prendrait pour des folles. — Nous le sommes peut-être. » Et les gloussements fusaient de plus belle. Ces explosions de saine vitalité, ces festivals d'auto-découverte, innocents en raison de la jouissance évidente que leur procurait leur futilité, avaient pris fin avec la fausse couche de Daphne et la grossesse de Betty. Le charme s'était évanoui ; deux jeunes dames dégrisées regardaient de loin les jeunes écervelées qu'elles avaient été. À présent, elles confectionnaient des vêtements de bébé et des chemises pour leurs maris. Mais dans leurs placards pendaient toujours les fruits de leurs anciennes ivresses et, quand elles se paraient de cette robe-ci ou de celle-là, l'une signalait à l'autre : « Oh, Bets ! C'était une belle matinée, n'est-ce pas ? — Daphne, nous étions inspirées ce jour-là. »

Pour l'heure elles s'accordèrent mutuellement un rapide coup d'œil scrutateur, puis passèrent aux affaires sérieuses de la soirée. Des voitures déposaient déjà des soldats devant les deux maisons, ainsi que devant les autres villas de la rue. Des groupes de militaires montaient à l'aveuglette dans les hauteurs, tenant dans leurs poings serrés des bouts de papier où étaient notées les adresses. Le gramophone était installé sous la galerie, avec ses piles de disques ; à côté se tenait le jardinier, prêt à le remonter et à changer les disques. De la musique pour danser sortait de toutes les demeures, de la musique mêlée à des bruits de voix.

Daphne vérifia si les meubles du salon avaient bien été repoussés pour laisser place nette et s'il y avait de quoi boire. Betty regagna sa maison, et les deux femmes se postèrent en haut de leurs perrons respectifs pour accueillir les hommes et les demoiselles : toutes les jeunes filles de la ville étaient réquisitionnées ce soir-là, du moins pour danser, chacune valant son pesant d'or. « Vous, les filles, valez votre pesant d'or ! » « Appelez vos amies, vous tous, il nous faut des filles ! »

Pendant qu'elle était là, James arriva, l'enlaça d'un bras, et ils s'éloignèrent sous la galerie, joue contre joue.

— Tout se passe très bien, protesta-t-elle, tentant de se dégager.

— Oui, oui, oui, fredonna-t-il sur la musique, l'attirant à lui.

Et ils dansèrent, ils dansèrent. Et quand elle s'arrêtait pour tenir son rôle de maîtresse de maison, il la suivait et la ramenait à la danse. Tout le monde dansait, c'est-à-dire ceux ou celles qui avaient un cavalier ou une cavalière.

Le jardinier avait tourné le gramophone et s'était lui-même placé de façon à pouvoir garder un œil sur le coin de la galerie de Betty où Lynda, sa bonne, se trouvait à une place similaire à la sienne, à proximité du gramophone. Car il courtisait Lynda, sans succès, et trouvait que *The Night is Young and You're so Beautiful*[17] exprimait parfaitement ses sentiments. Il le passait et le repassait – « *The Moon is High and You're so Glamorous* » –, et quand un des danseurs s'en plaignait en disant qu'il n'y avait pas que ce disque-là, il mettait autre chose, mais revenait dès que possible à « *The Night is Young*… » De son côté, Lynda, qui lui répétait qu'elle n'avait pas confiance en lui (« Tu dis ça à toutes les filles »), jouait aussi souvent qu'elle en avait la possibilité : « *Boohoo, you've got me crying for you, and everything that you do*[18]… » Il pouvait alors riposter par : « *Oh, sweet and lovely, lady be good, oh, lady be good to me*[19]… » Et elle par : « *You left me in the lurch, you left me crying in the church*… »

Ce flirt dura toute la soirée.

Soirée qui fut un triomphe, comme c'était prévisible. Huit cents personnes ? À eux deux, et en comptant la rue devant, les jardins en avaient accueilli un bon millier. L'alcool avait suffi, à la différence du buffet. Il était deux heures passées quand les automobiles qui ramenaient des hommes à leurs cantonnements cessèrent de projeter la lumière de leurs phares dans les arbres. Les cris et les chants s'éteignirent au fur et à mesure que les soldats redescendaient vers la mer.

Dans la maison des Wright, les soldats regagnèrent leurs lits et Daphne sa chambre. La robe blanche lui avait fait honneur, se disait-elle, pleine de la gloriole d'un triomphe imaginaire. « Mon Dieu, c'est une véritable armure » – ôtant ses colifichets de jais et s'extrayant de la jupe qui s'affaissa autour de ses jambes en plis et bouillons blancs. Elle alla se coucher nue, éteignit la lumière. Et puis James se glissa auprès d'elle, ce qu'elle savait qu'il ferait tout en essayant de se persuader qu'il n'oserait pas.

Au petit matin, elle lui dit de retourner dans son lit et il refusa :

— Je ne veux pas, je ne peux pas.

— Les domestiques seront bientôt là.

Il finit par partir et alla se coucher sous la galerie, où le soleil chauffait déjà le ventre des bouteilles qui avaient roulé ici et là. Il s'éveilla au bruit des tintements de verre, tandis que les bonnes faisaient le ménage autour de lui.

En bas dans le jardin, sous l'arbre, Daphne était en compagnie de Betty. Elles portaient des peignoirs fleuris et James songea qu'il n'avait jamais vu de femmes aussi jolies. Il se dit qu'après cette traversée, cet enfer, toute femme devait lui paraître un ange, mais il n'était pas d'humeur à écouter la voix de la raison. Ces deux-là, en déshabillés dans la verdure du jardin, avaient l'air d'apparitions. Et il les contempla tout le temps qu'elles restèrent là, les gravant consciemment dans son cœur. Une image qu'il pourrait évoquer plus tard, garder pour lui, en mémoire.

Betty disait à Daphne :

— Pour l'amour du ciel, fais attention !

— Est-ce vraiment aussi visible ?

— Oui, c'est visible. Bien entendu, les gens l'ont remarqué.

— Je ne peux pas m'en empêcher.

— Mais Daphne…

— Oui, je sais.

— Que vas-tu donc faire ?

— Doit-il y avoir une autre maudite réception ce soir ?

— Bien sûr que oui. Tu le sais bien. Et demain soir aussi… Si ça dure bien quatre jours.

— C'est ce qu'a dit Joe.

Elles regardèrent la mer en contrebas, du côté où le grand navire, menaçant à cause de tout ce qu'il évoquait, attendait, ancré au large.

— Pourquoi ne l'emmènes-tu pas au *pondokkie* ?

— Je me suis demandé si je pouvais.

— Tu dois te mettre à l'abri des regards.

— Oui.

Le *pondokkie* était une petite maison, guère plus qu'une cabane, à deux heures de route de là, au bord de la côte. Daphne y allait avec Joe le week-end ; Betty et son mari en profitaient aussi.

— Où vais-je trouver de l'essence ?

— J'en ai encore un peu.

— Et puis il y a la réception, ces hommes. Que dois-je prétexter ?

— Je leur dirai que tu as appris que quelqu'un était malade. On se débrouillera. Ne t'inquiète pas.

— Je vais réveiller James.

— C'est son nom ? releva amèrement Betty. Voici que surgit un James. Mais qui est donc James ? Et si Joe découvre la vérité ? Quelqu'un l'avertira, tu sais.

— Je ne peux pas m'en empêcher, répéta Daphne.

— Je dirai que James est allé dans un dispensaire pour quelques jours. Bon, ça ne lui ferait pas de mal. Pour l'amour de Dieu, Daphne, il a l'air d'un cadavre ambulant !

— Oui, je sais.

On préparait déjà les jardins pour les festivités du soir. Le décor ne tarderait pas à être de nouveau planté : tréteaux nettoyés à la brosse, montagnes d'assiettes et de couverts étincelants. On raccrocha les guirlandes de lampions dans les arbres et on en descendit ceux qui avaient roussi.

Les soldats, ceux de Daphne comme ceux de Betty, dormaient toujours, mais James était assis sur son lit quand Daphne vint lui dire :

— Habille-toi en civil, laisse ton uniforme, suis-moi. Oui, maintenant, avant que les autres se réveillent.

Sans discuter, il enfila docilement le pantalon et la chemise du beau-frère de Daphne. Elle-même mit un pantalon de sport et un chemisier, et lâcha ses cheveux sur ses épaules. C'était comme une déclaration de guerre, mais à qui ? elle n'eût su le dire. Ils burent à la hâte quelques tasses de café à la cuisine, ignorant les domestiques. Daphne fourra quelques bricoles dans une boîte, et ils prirent la route de la côte dans sa voiture.

Betty les regarda partir de ses fenêtres. Elle bouillonnait de sentiments contradictoires ; elle avait surtout l'impression que son amie avait été foudroyée. Par une foudre noire. Elle avait eu un coup de foudre.

Ils traversèrent les faubourgs par des rues lisses et bien entretenues, puis se retrouvèrent sur une route en mauvais état, avec la mer à main droite et ce qui ressemblait à des terres cultivées à leur gauche. Des vignes et des chênes, un paysage beau et riant, mais les terres ne tardèrent pas à n'être que de la friche, avec seulement quelques moutons ici et là. James n'avait d'yeux que pour Daphne ; à la fin, elle tendit une main et lui caressa le visage de ses phalanges.

— Arrête, tu me rends nerveuse.

— Je ne peux pas m'en empêcher, dit-il, comme elle un peu plus tôt.

Elle sourit, et il poursuivit avec une certaine amertume :

— Ce n'est pas qu'un amusement pour moi. (Et puis :) Arrête ton auto, arrête-la tout de suite.

Elle roula jusqu'en bordure d'une petite baie où les vagues folâtraient entre des rochers noirs et bas. Il se rapprocha d'elle pour la prendre dans ses bras. Son expression… Daphne en fut effrayée. Et il tremblait. Peu de voitures empruntaient cette route, mais à cet instant elle en vit arriver une.

— James, attends. Allons juste là.

— Où ?

— Tu verras.

Elle redémarra. Elle vit son regard se fixer derrière elle pour embrasser une mer de carte postale, avec ses mouettes qui descendaient, le bruit du ressac, les cris des oiseaux et le scintillement mouvant du soleil à l'horizon. Aucun bateau.

— Je déteste la mer, proféra-t-il. Je la déteste ! Elle cherche à nous avoir. Et elle nous aura.

— Ne la regarde pas.

Alors, tournant à demi la tête, il la regarda, elle, Daphne, nimbée de l'éclat de la mer.

Ils prirent vers l'intérieur des terres. Un portillon cassé, une terre broussailleuse, à l'abandon : on n'aurait jamais deviné que la mer était à deux cents mètres de là. Nouveau tournant, dans sa direction cette fois, au milieu d'une lande : devant eux, une cabane ou plutôt une remise, cernée de buissons.

La voiture s'immobilisa. Daphne sortit sa boîte de provisions, glanées dans les restes de la réception de la veille, et un gros bidon d'eau en émail, qu'il lui prit des mains. Elle s'engagea sur une sente à peine visible, dont les buissons semblaient vouloir l'agripper et la jeter à terre, et la suivit jusqu'à une porte, qu'elle ouvrit avec une grosse clé. L'intérieur était plongé dans l'obscurité ; elle ouvrit les volets. À la lumière apparurent d'abord un lit haut, à deux places, avec des piles de couvertures de toutes sortes, puis des étagères qui couraient sur les murs de bois, chargées de plats et d'assiettes, et une petite table et deux chaises également en bois au milieu du plancher.

— Notre maison de vacances ! dit-elle. Ça te plaît ?

James aurait pu répondre qu'il avait l'impression de passer sa vie désormais dans des baraquements ou des cabanes… On appelait donc celle-ci un *pondokkie*. Que peut-il y avoir dans un nom ? Une petite maison, comme celle des contes de fées, au fond des bois. Mais là, c'étaient des buissons rabougris, aux émanations salées.

La mer était une rumeur, pas trop lointaine, ponctuée de temps à autre d'un clapotis au moment où une vague se brisait sur un rocher. Tous les deux, debout, se dévoraient du regard. La fièvre qui les avait isolés du monde depuis l'arrivée de James dans le décor de cette belle maison et de ses jardins aurait pu retomber ici et maintenant, mais non. Ils s'affalèrent sur les deux chaises de bois, se tenant les mains par-dessus la table, ne se quittant pas des yeux, graves, silencieux… Et curieusement, avec un peu d'amertume, dirigée non pas l'un contre l'autre, mais contre le destin, la guerre, quelque chose qui leur était extérieur. Elle lui caressa le visage d'une main aux ongles rose nacré. « Ces ongles-là ne dureraient pas longtemps si elle vivait réellement dans ce *pondokkie*, une pauvre cabane », se dit-il. Pour cette femme soignée, radieuse, qui sentait bon, c'était juste un lieu où elle s'amusait… Et était-ce bien avec lui qu'elle s'amusait ?

— Essuie ton fichu rouge à lèvres.

Elle ouvrit son sac, trouva un mouchoir ; il le lui prit des doigts et effaça délicatement, avec application, la bouche écarlate.

— Voilà, conclut-il.

— Allons voir la mer, suggéra-t-elle. C'est marée basse.

— Mais pourquoi ?

— Je ne sais pas.

D'un air solennel, il la prit par la main et l'entraîna vers le lit. Par la fenêtre ouverte entraient les effluves salés de la végétation. Le silence, hormis la rumeur de la mer. Leur étreinte, tremblante et affamée, semblait célébrer, non l'amour, mais une tragédie. Ils s'endormirent. Quand elle se réveilla, il hurlait, les mains plaquées sur les oreilles.

— Que se passe-t-il ? cria-t-il.

— La mer est haute.

On aurait dit que l'océan déferlait pour converger juste sur cette bande de rivage, si proche de leur refuge que le prochain rouleau allait se dresser et s'abattre sur eux avec fracas, avant de les emporter au large. La petite cabane trembla, la terre frémit. Badaboum ! Et puis le reflux dans un grondement de tonnerre. C'était comme s'ils étaient au fond de la mer, engloutis.

Il avait enfoui son visage dans ses seins et pleurait. Pas comme un enfant, oh non ! avec des sanglots sourds et étouffés. Et il se cramponnait à elle, donnant l'impression de se débattre désespérément dans de grosses vagues.

— C'est toujours ainsi à marée haute... Celle-ci doit être particulièrement forte. (La voix de Daphne ressemblait à un chuchotement dans le tumulte des flots.) Je n'aurais pas dû t'emmener ici, je n'y avais pas pensé.

— Mais je suis avec toi, entendit-elle pendant qu'une nouvelle vague allait crescendo avant de se briser.

— Nous allons nous lever et descendre voir la mer. Tu verras, elle est assez loin, à cinquante mètres au moins.

— Non, non, non.

— D'accord. Alors, lève-toi. Nous allons manger quelque chose.

— Je n'ai pas faim. Je ne veux pas perdre mon temps.

Elle glissa au bas du lit et, debout, nue, elle lui sourit, gravement, car c'était le ton qui avait été donné dès le premier instant de leur rencontre. Mais, là, il s'y mêlait autre chose. Quoi ? De la mélancolie ? Bon, c'était dans l'ordre des choses, mais pas cette pointe d'amertume, tout de même !

— Qu'y a-t-il ? demanda-t-il, trop prêt à s'enflammer au moindre soupçon.

— Je ne sais pas, répondit-elle, vaincue, se détournant pour disposer le pain, le beurre et le jambon. Je ne sais pas. J'essaie peut-être de me moquer de nous.

— De moi !

— De toi ? Jamais, affirma-t-elle. Deux jours déjà. Deux. Et je me sens…

— Alors, dis-moi, oui, dis-moi. Je veux savoir… Je suis le premier troufion que tu as amené ici ?

— Eh bien, merci. Si c'est ce que tu penses, je crois qu'on devrait repartir.

Elle pleurait ; il s'assit au bord du lit, prêt à se lever pour aller vers elle. Pourtant, à cet instant précis, il s'accroupit, les mains sur les oreilles, tandis qu'une nouvelle vague déferlait, apparemment juste au-dessus d'eux.

— Pourquoi moi ? Oui, pourquoi moi ? Mais ça m'est égal. Tu es merveilleuse… Et cela me suffit.

Et il se baissa instinctivement, au moment où le cabanon tremblait.

— Moi, ça ne m'est pas égal.

Elle se laissa tomber sur une chaise, cacha sa tête dans ses bras posés sur la table et éclata en sanglots.

Il se leva et s'assit en face d'elle; il lui caressait les cheveux, la regardait pleurer.

Puis il tendit un bras, se releva et lui prit la main.

— C'est ridicule, allons nous recoucher.

Il la ramena en larmes sur le lit et s'étendit à côté d'elle.

— Cette petite maison, ton *pondokkie*… Je ne remonterai pas à bord, je vais me cacher ici et tu pourras venir me voir.

Après le mariage de Joe Wright, célibataire, et de Daphne Brent, également célibataire, le couple avait passé une semaine classique de lune de miel dans un hôtel élégant à l'intérieur des terres, connu pour être le havre des jeunes mariés, et puis Joe l'avait amenée ici. Elle n'avait pas pu ne pas penser : « Je parie qu'il y amenait ses maîtresses quand il était célibataire. » Cette idée ne la rendait pas jalouse. Au contraire, il lui plaisait assez de voir un nid d'amour dans ce fragile refuge qui semblait toujours prêt à se dissoudre dans la mer. Dans cette pièce même, elle et Joe, nus et heureux, avaient fait l'amour et pique-niqué, puis couru vers la mer à marée basse en criant de jubilation. Et à présent elle se retrouvait ici en compagnie de cet homme. Mais, avec lui, elle était dans une autre dimension. Si Joe entrait à l'instant, il viendrait d'un monde sain et rationnel ; elle le regarderait comme dans un rêve – le rêve, le cauchemar, plutôt, où elle était plongée –, puis disparaîtrait dans un cri, et il croirait avoir vu une apparition de l'enfer. Une telle souffrance en ce jeune homme et en elle ! Daphne ne comprenait même pas l'origine de la sienne : elle n'avait jamais envisagé le malheur dans ses projets d'avenir, elle n'en avait jamais eu l'expérience. Elle ne connaissait pas ce garçon ; c'était un étranger, et les circonstances dans lesquelles elle le rencontrait lui étaient aussi étrangères. Pourtant, savoir qu'elle ne tarderait pas à le perdre lui donnait envie de commettre un acte primitif ou brutal, comme de s'arracher les cheveux, de se marteler la poitrine avec les poings, de se balancer d'avant en arrière sur sa chaise, folle de chagrin, un fichu noir sur la tête.

Elle ne tarda pas à tenir un homme endormi dans ses bras. À moins qu'il ne dormît pas et fût dans une sorte de transe ! Il tremblait ou revenait à lui avec de légers accès de frissons. Étendue, les yeux clos, elle le serrait contre elle, et se remémora un incident qui avait eu lieu peu après son arrivée en Afrique du Sud. Elle et Joe, Betty et Henry et un autre couple s'étaient aventurés en voiture dans les montagnes, en suivant de petites routes connues des Sud-Africains depuis les expéditions de leur adolescence. Plutôt que de s'arrêter sur un terrain de camping, ils avaient choisi un lieu où les babouins s'étaient approprié une falaise. Tout en haut de la paroi, les babouins aboyaient dans leur direction, perchés sur des rochers ou accrochés à des orifices qui étaient les entrées de très anciennes grottes. Les humains n'y avaient pas pris garde. À quelques mètres de la falaise, un petit arbre se dressait au milieu d'une éminence formée de dalles rocheuses fendues par la chaleur et le gel. Ce pâle fantôme surgi des rochers était mort. Mort. Il était midi, et la lumière éclatante donnait aux feuilles sèches qui y pendaient encore un aspect livide, et comme l'air d'avoir été dessinées dans les airs, avec des ondes de chaleur miroitant autour telles des huiles volatiles rendues visibles. Ils sortirent le vin, le pain et les fruits, et les femmes coupèrent de la viande en dés. Les hommes mirent le feu à l'arbre mort. L'idée, c'était qu'il allait tomber et que ses braises serviraient à griller leur viande. L'arbre s'était embrasé, se transformant immédiatement en une torche de flammes incandescentes. Sur leur falaise, les babouins crièrent de peur ; les humains reculèrent. L'arbre était une coulée de feu, un geyser d'étincelles blanches. Daphne se tenait encore trop près. La rapidité des flammes la prit par surprise ; elle sentit grésiller le duvet de ses bras. Elle était paralysée par l'intensité du feu. Elle poussa un cri, et Joe bondit vers elle et l'écarta de la chaleur huileuse qui miroitait à présent à plusieurs mètres autour de l'arbre.

Elle se sentait aussi mal en ce moment.

— Trop près, murmura-t-elle, les yeux toujours clos, tenant entre ses bras un homme nu perdu dans ses rêves. On est trop près.

Quand le jour se leva, les vagues recommencèrent à se rapprocher, à rugir et à se fracasser. Ils se blottirent l'un contre l'autre pour écouter, jusqu'à ce que le vacarme eût diminué.

— Maintenant, je veux que tu sortes et que tu regardes.

— Je t'ai dit que je voulais ne plus jamais avoir à revoir l'océan !

— Je sais, mais viens.

C'était la fin de la matinée. La mer se retirait. Malgré la résistance et les griffes des buissons salés, Daphne le conduisit à une petite langue de sable, encore humide, mais dont la surface plus claire montrait qu'elle séchait déjà. Plus loin se dressaient de grands rochers noirs, couverts d'algues. La mer était mauvaise ce jour-là ; elle jaillissait et bondissait çà et là entre les blocs.

— Tu te baignes ici ? demanda-t-il.

— Là-bas, il y a une cavité dans les rochers. On ne risque rien à marée basse.

Elle se retint juste à temps de lui proposer d'y aller. Debout enlacés, ils se laissèrent hypnotiser par le bruit du ressac, mais elle le sentait tendu, au bord du découragement.

— Ce n'est que la mer, reprit-elle, même si elle savait bien qu'il rejetait ce moment, et sans doute elle-même avec celui-ci. La voilà, bien à sa place, elle ne peut pas nous avoir… – elle regretta aussitôt de ne pouvoir effacer ses paroles, elle avait oublié qu'il allait rembarquer.

— Quand la guerre sera finie, je ne m'approcherai jamais plus d'un bateau !

Elle fondit en larmes. Elle était abandonnée, rejetée. Pourquoi ? Elle-même ne le savait pas. Ses sentiments extrêmes, la peine, l'exultation, le chagrin, la passion, la laissaient un peu comme ces poissons qu'elle voyait se débattre sur la grève. Que James dût autant haïr la mer, elle n'était pas de force à le supporter. Elle avait souvent songé que, en venant épouser Joe, c'était pour la mer qu'elle était venue, pour l'océan qui l'entourait en permanence, jamais totalement hors de sa vue ni de ses pensées. Joe lui avait fait un cadeau, la mer, elle lui avait dit que c'était ainsi qu'elle le ressentait.

— Je ne remonterai jamais sur ce bateau, jamais ! insista-t-il.

— Oh, mon Dieu ! s'écria-t-elle. Tu ne m'aimes pas.

— *Comment ?*

Pourquoi avait-elle dit ça ? Elle eut la sensation d'avoir appuyé sur un interrupteur, passé une vitesse, d'être dans un état d'impuissance et de confusion. Tout ce qu'elle disait ne pouvait qu'être inepte, dépourvu de tact, et même brutal.

Elle s'accrocha à ses épaules et le vit tressaillir ; elle le lâcha. Son maillot de corps, qu'il avait remis pour sortir de la cabane, lui collait ici et là à la peau, où se formaient des plaques rougeâtres.

— Oh, mon Dieu ! répéta-t-elle.

— Les embruns, expliqua-t-il. Ça m'irrite.

Elle n'aurait jamais dû l'amener ici, elle aurait dû y penser, tout était allé de travers.

— Viens, rentrons, dit-il.

La marée qui s'inversait commençait à gronder et à déferler. Daphne sentait James lointain, lui avait le sentiment de l'avoir trahie.

Elle lui prit la main et le conduisit au cabanon. Alors qu'ils cheminaient dans la lande, un garçon de couleur arriva avec un mot à la main. Il venait de l'épicerie du coin, un kilomètre plus loin, où il y avait le téléphone.

Le mot portait ces mots :

« Daphne, il doit avoir rallié le bord demain à midi. Betty. »

— Suis-nous au cabanon, je vais te donner la pièce, dit-elle au jeune garçon, qu'elle connaissait de ses précédentes escapades à la mer avec son mari.

Ainsi fut fait. Il lui jeta un drôle de regard, comme il se devait. Pensait-il que cet argent était une manière de le soudoyer ?

Puis elle lança à James :

— Dernier délai pour toi : demain midi.

— Je n'irai pas.

— Il nous reste encore l'après-midi et une nuit.

— Nous avons toute la vie.

De retour au cabanon, ils se retrouvèrent : le sentiment d'inanité qui les avait saisis au bord de l'eau s'était évanoui.

— Je reviendrai te chercher après la guerre.

Elle se serra contre lui, la tête sur son épaule, et sentit sa peau rugueuse contre sa joue.

— Tu ne me crois pas, dit-il doucement, tendrement, comme à une enfant. Mais c'est vrai.

L'après-midi passa, puis la nuit, pendant que la marée montait et grondait au-dessus d'eux, redescendait, remontait. La mer était basse quand Daphne se leva du lit et commença à ranger ses affaires. Elle avait peur qu'il refusât de bouger, mais il se décida enfin.

— On devrait manger quelque chose.

— Tu as raison.

Sans cesser de se regarder, ils s'attablèrent autour d'un peu de pain et de jambon.

— Voilà comment je te verrai dans mes pensées.

Tu es comme une petite fille, avec tes cheveux en désordre. Et puis tu as besoin de te laver la figure.

Quand ils regagnèrent la voiture à travers la lande, des lambeaux d'écume blanche voltigeaient, portés par un vent froid, et éclaboussaient les buissons.

Elle conduisit en silence. Il la contempla pendant tout le trajet ; elle perçut ce long regard comme le prolongement de leurs étreintes.

À la villa, Betty vint à eux en courant.

— Nos gars sont partis, je les ai descendus au port. Ils sont déjà à bord.

Ses deux bonnes et son jardinier, les bonnes et le jardinier de Daphne étaient alignés sur leurs perrons respectifs, tout yeux, tandis que le soldat entrait dans la maison de Daphne, qui était restée dehors, devant l'auto. Il ressortit en uniforme.

— Je vais vous y conduire. Non, tu restes, Daphne.

Daphne n'était en effet pas en état de rouler jusqu'au port ; elle tremblait tellement qu'elle devait se cramponner au véhicule.

Betty retourna chez elle au pas de course, vint garer sa voiture devant celle de Daphne, klaxonna et attendit au volant.

Daphne et le soldat étaient debout face à face ; ils se regardaient sans se toucher. Betty klaxonna une nouvelle fois. Le soldat se détourna et partit en courant, traînant son sac cahin-caha derrière lui. Arrivé à l'automobile, il jeta un regard en arrière puis, bizarrement, fit le salut militaire. Il monta. L'auto de Betty démarra sur les chapeaux de roue pour descendre en ville.

La scène se disloqua. Daphne monta à pas lents sous sa galerie et se posa au bout d'une chaise longue en osier comme si elle risquait de passer au travers.

Les quatre bonnes retournèrent à leurs tâches, les jardiniers à leurs plantations.

Milieu de l'après-midi. Le grand navire n'avait toujours pas quitté son nid de ruchés blancs. De la galerie, on distinguait les opérations d'embarquement ; des fourmis trottinaient d'un bout à l'autre du bâtiment.

Daphne n'avait pas bougé. Sarah sortit de la maison avec un plateau à thé, que sa maîtresse n'avait pas demandé. Comme celle-ci n'avait rien remarqué, Sarah servit une tasse de thé, la sucra et la tendit à Daphne avec ces mots :

— Votre thé, Madame.

Daphne secoua la tête. La femme noire souleva le bras inerte de Daphne et lui mit la tasse dans la main.

— Il faut prendre un peu de thé, Madame.

Daphne était toujours immobile, les yeux rivés sur les quais, puis elle se décida enfin à boire.

— C'est bien, Madame.

La bonne laissa le plateau et rentra dans la maison.

En fin d'après-midi, la voiture de Betty monta prudemment la rue. Peu après, la jeune femme était auprès de Daphne.

— Il a embarqué. De justesse.

De la main, Daphne lui fit signe de la laisser.

La distance entre le bateau et le quai se creusait-elle déjà ?

— Joe a appelé. Je lui ai dit que tu étais souffrante.

Pas de réponse.

— Il a dit que le navire appareillait de manière à quitter le Cap tant qu'il faisait jour… au cas où il y aurait un sous-marin dans le coin.

Daphne laissa échapper un cri, puis plaqua un poing contre sa bouche.

— Je suis une très mauvaise femme, sais-tu ? Je n'aime pas Joe, je ne l'ai jamais aimé. Je l'ai épousé sous de faux prétextes. Je devrais être punie pour ça.

— Tu ferais mieux de te coucher.

Daphne se mit à pleurer. Elle ne quittait pas le navire des yeux, tirant avec ses mains ses cheveux emmêlés par le vent et le sel des embruns. Son visage avait oublié le maquillage ; son mari aurait retrouvé sa petite Anglaise avec sa bouche de bébé, maintenant malheureuse. Sous son aspect actuel, ses invités admiratifs, eux, auraient eu peine à la reconnaître, avec ses gros sanglots déchirants, et sa manière de se balancer sur sa chaise.

— As-tu des calmants, Daphne ?

Daphne n'eut aucune réaction.

Betty alla appeler Sarah, qui, dans la pièce juste derrière, gardait un œil sur les événements.

— Aide-moi à conduire Mrs Wright à son lit. Puis j'irai à la pharmacie chercher un médicament.

Elles durent s'y mettre à deux pour soulever Daphne ; elle ne voulait pas rentrer avant que le navire eût disparu. Les trois femmes restèrent donc debout, Daphne soutenue par la bonne et Betty, pendant que le bateau diminuait à l'horizon. Elles l'amenèrent ensuite jusqu'à son lit, la couchèrent, et puis Betty ordonna :

— Garde la maison, je n'en aurai pas pour longtemps.

Quelques minutes après, elle était de retour. Daphne, allongée sur son lit, fixait le vide. Betty l'entoura d'un bras pour la redresser et lui fit avaler deux cachets.

Daphne s'affaissa ; ses paupières se fermèrent.

Betty et Sarah se retrouvèrent toutes les deux : lentement, précautionneusement, leurs regards se croisèrent, et restèrent plantés l'un dans l'autre.

Quand elle était arrivée en Afrique du sud, Daphne avait reproché à Betty, la Sud-Africaine de naissance et de culture, de se comporter devant son personnel comme si celui-ci n'existait pas. Un jour, Betty était sortie nue de sa salle de bains et avait traversé sa chambre, offerte à la vue du jardinier, qui travaillait juste de l'autre côté des portes-fenêtres. Elle était plantée là à discuter, en se brossant les cheveux, et virevoltait comme si l'homme n'était pas là. Quand Daphne lui avait dit ses quatre vérités, elle s'était rendu compte pour la première fois que ses domestiques lui étaient devenus aussi invisibles que des serviteurs mécaniques. Ils étaient bien payés – car on n'était pas pingre au Cap (« Nous payons nos gens bien mieux qu'on ne le fait à Johannesburg ») ; bien nourris, ils se voyaient emmener régulièrement chez le médecin, accorder de généreuses heures de liberté. Mais, pour Betty, ils n'existaient pas en tant qu'êtres humains. Le remords, si c'était le mot, avait modifié son attitude et ses pensées. Elle était devenue plus observatrice et vigilante, surveillant ses gestes et ses paroles. Mais elle ne voyait aucune issue à l'actuelle situation. Les quatre bonnes, les siennes et celles de Daphne, étaient amies et connaissaient les autres domestiques de la rue ; cela valait aussi pour les jardiniers. Tous devaient déjà parler de Daphne et du soldat. N'importe lequel d'entre eux pouvait mettre Joe au courant.

— Mrs Wright est très malade, déclara enfin Betty, consciente qu'elle rougissait de la faiblesse de son explication.

Sa voix avait des accents implorants, ce qui ne lui plaisait pas.

— Oui, Madame, répondit Sarah.

De la compassion, oui, mais il s'y mêlait sans aucun doute de la dérision. Un écart pardonnable vu les circonstances.

— Oui, dit à son tour Betty.

Elle était en proie à la plus étrange des compulsions. Comme Daphne, elle aurait pu se tirer les cheveux à deux mains ; finalement, elle se passa celles-ci sur le visage, effaçant toute expression qui aurait pu s'y trouver – elle ne voulait pas savoir. Et puis, incapable de se retenir, elle laissa échapper un bref rire suraigu avant de plaquer ses doigts sur sa bouche.

— Oui, Madame, répéta Sarah avec un soupir, avant de lui tourner le dos et se retirer.

— Oh, mon Dieu ! murmura Betty.

Elle jeta un ultime regard désespéré à son amie, étendue là, terrassée. Quelque part, de l'autre côté de l'horizon, ce soldat faisait route vers le nord, dans les ténèbres de l'océan Indien.

Betty regagna sa demeure, s'assit sur les marches plongées dans l'obscurité. Mentalement, elle voyait toujours Daphne, cette gisante pâle qui respirait à peine.

— Oh ! non, non, non ! cria-t-elle farouchement en enfouissant son visage dans ses mains. Non, je ne veux pas. Jamais de la vie.

Un peu plus tard, Joe arrivait dans sa voiture. Betty alla à sa rencontre. Il prit la parole le premier :

— Betty, Henry ne rentrera pas ce soir, il m'a demandé de vous prévenir. C'était la bagarre ces derniers jours, vous n'avez pas idée. Faire rentrer assez de ravitaillement et tout le reste, ça n'a pas été chose facile… Pour le bateau, vous savez, celui qui vient de partir… (Joe parlait trop fort et, passant devant elle, il gravit son perron, puis se retourna et s'immobilisa pour s'adresser au jardin, où elle se tenait.) Nous avons perdu un bâtiment, le *Queen of Liverpool*. Non, oubliez ce que j'ai dit, je ne vous ai rien dit. Cinq cents hommes ont péri. Cinq cents. C'était le même sous-marin que celui qui traquait le… le navire qui vient de lever l'ancre. Mais nous l'avons eu. Avant de sombrer, le *Queen of Liverpool* l'a eu. Cinq cents hommes… (Il se promenait à présent de long en large, gesticulait sans la voir, parlait toujours, au comble de l'épuisement.) Oui, et le navire qui est parti nous en a laissé vingt-cinq. Ils sont en piètre état, ils ont perdu la boule. La claustrophobie, vous savez, le stress. Je ne les en blâme pas, sous la ligne de flottaison, enfin, ils sont hospitalisés. Ils sont fous. Henry les a vus. Quand il rentrera à la maison, il faudra qu'il prenne soin de lui. Cinq cents hommes… Ce n'est pas une chose qu'on puisse accepter. Henry n'a pas fermé l'œil depuis l'arrivée du bateau.

— Oui, je vois.

— Vous devez donc vous montrer indulgente. Il n'est plus lui-même. Ce n'était pas beau à voir, ces quatre derniers jours. Moi non plus, je ne suis plus moi-même.

Et il se dirigea à grands pas vers la chambre à coucher.

— Daphne n'est pas bien. Elle a pris un calmant.

— S'il en reste, j'en prendrai également.

Betty le suivit dans la chambre.

La vue de sa femme le cloua sur place.

— Par exemple ! s'exclama-t-il. Qu'a-t-elle ?

— Un microbe, sans doute. Ne vous inquiétez pas. Elle sera sur pied demain, j'espère.

— Par exemple ! répéta-t-il.

Betty sortit des cachets du flacon au chevet du lit, les lui donna, et il les avala avec une gorgée bue au verre de Daphne. Il s'affaissa sur le bord du lit.

— Betty, reprit-il. Cinq cents hommes. Cela fait réfléchir, non ?

Il se releva, retira ses brodequins, d'abord l'un – boum ! – puis l'autre – boum ! –, fit le tour pour gagner l'autre côté du lit, se coucha et s'endormit.

Betty alla prévenir les bonnes qu'il n'y aurait pas de souper.

— Rentrez chez vous. C'est bien comme ça.

— Merci, Madame.

Betty revint se poster près du lit. Daphne n'avait pas bougé.

Joe était là, près de sa femme, ce chic type de Joe, l'ami de tout le monde, jovial, le teint rouge brique. Il était là, sous les yeux de Betty, mais elle ne l'aurait pas reconnu. Il ne cessait de grimacer dans son sommeil, et de grincer des dents, puis, quand il redevenait inerte, un rictus d'épuisement tirait sa bouche vers le bas.

Betty éteignit la lumière. Elle traversa les pelouses obscures pour rentrer dans sa maison et resta assise un long moment dans le noir. Quatre jours. Il y avait eu tant de chahut : les militaires avec leurs accents anglais, les téléphones, la ronde des automobiles, la musique de danse, les mêmes morceaux qui avaient passé et repassé sur le gramophone pendant que les bottes de l'armée crissaient et glissaient. Mais ce chahut refluait maintenant, une autre voix qui ne s'était jamais tue devenait audible pour chanter la perte et la résistance. Le transport de troupes avait jeté l'ancre quatre jours. De très loin, de l'autre côté d'un gouffre, d'un abîme, la vie leur souriait, cette chère et tendre vie de tous les jours.

Ils descendaient les échelles de coupée, entre les canons qui avaient été parés à les défendre sur tout le trajet depuis Le Cap, des files d'hommes, des centaines, avant de reformer leurs sections et leurs compagnies sur les quais, où James se tenait déjà au repos, même s'il ne connaissait pas le repos, tant il avait mal aux pieds comme, on pouvait le dire sans risque d'erreur, les trois quarts de ces jeunes gens, dont certains étaient là depuis plus d'une heure, sous un soleil inhospitalier. Ces soldats n'étaient pas en aussi mauvais état qu'en montant à bord un mois plus tôt, au Cap. Le bénéfique cap de Bonne-Espérance avait chargé le navire de vivres et surtout de fruits. Ces pauvres garçons, qui avaient à peine goûté au raisin dans leur vie, s'étaient gavés de grappes succulentes jusqu'à épuisement de cette abondance. Trois semaines cette fois-ci, et non un mois. Et puis l'océan Indien avait été clément, à part une tempête de quatre jours à mi-chemin, où les conditions avaient été similaires à celles de l'Atlantique. James se tenait donc là, étrécissant les yeux pour se protéger de l'éclat de la lumière, luttant pour ne pas s'évanouir ; il regardait le grand navire et, si la haine pouvait tuer, alors celui-ci eût coulé séance tenante pour disparaître à jamais.

Il faisait très chaud. L'air était vicié et moite. Des hommes bruns et maigres en pagne couraient de-ci de-là pour obéir aux ordres d'autres hommes bruns en uniforme, eux-mêmes supervisés par des hommes blancs en uniforme. Pas d'odeur de mer ici, alors qu'elle était si proche, rien que des vapeurs d'essence et de gaz d'échappement. Les files interminables s'arrêtèrent enfin, pendant que des hommes reformaient encore leurs compagnies. Certaines s'étaient déjà mises en branle, accompagnées des aboiements des sergents, que James trouvait désormais rassurants parce qu'ils représentaient l'ordre et la routine. La compagnie de James se dirigea au pas vers une caserne, où ils se restaurèrent et se douchèrent pour se laver du sel qui envenimait encore certaines plaies. Des centaines de jeunes gens nus qui, même s'ils n'étaient pas en aussi mauvaise forme qu'au Cap, étaient encore des cadavres ambulants, marqués de plaques rouges rêches et d'ecchymoses jaunâtres. Ils devaient être mis au train le lendemain matin pour rejoindre leur destination : inconnue. Son nom, aux dures syllabes étrangères, circulait pourtant à voix basse parmi les centaines de soldats, qui y voyaient déjà un havre où ils pourraient enfin reprendre pied, oublier le tangage du navire. Mais on devait dire le « camp X ». Malgré les douches, les miasmes des baraquements suffisaient à donner la nausée.

Pendant cette seconde partie du périple, se souvenant des vingt-cinq déments qu'ils avaient laissés derrière eux au Cap, des dizaines d'autres qui avaient été hospitalisés pour être retapés, et de l'état physique épouvantable des troupes qui avaient débarqué, l'état-major du navire avait feint d'ignorer que de plus en plus d'hommes dormaient sur les ponts et, au mépris du règlement, ne se présentaient tout simplement plus au rituel des douches à l'eau de mer. Toute cette traversée avait eu lieu sous une chaleur accablante. L'infirmerie était remplie de cas de diarrhée, et les officiers durent, une fois de plus, partager leurs cabines afin de pouvoir y installer une annexe de l'infirmerie. On faisait toujours la queue pour consulter les médecins du bord. Tous ces fruits dans des estomacs qui n'y étaient pas habitués, ainsi que les ripailles et les ivrogneries du Cap, allongeaient les files d'attente devant les latrines. Si jamais une épidémie se déclarait – et pourquoi pas ? – que faire ? Cinq mille hommes, dont la plupart étaient déjà affaiblis et dont beaucoup toussaient : c'était un spectacle lamentable, et jamais officiers de marine n'avaient été plus soulagés de voir un port apparaître enfin.

Dans les baraquements, cette nuit-là, les soldats s'étendirent sur leur matériel de couchage et jurèrent, et suèrent. Les caporaux et les sergents responsables, aussi mal en point que leurs hommes, aussi abattus et en proie au mal du pays, les exhortaient à la patience d'une voix enrouée :

— Si vous avez un peu de bon sens, nom de Dieu, vous ferez bien d'être patients ! vociféra le sergent Perkins.

Pour sa part, James ne divisait pas leur odyssée en deux étapes : Angleterre-Le Cap, Le Cap-Bombay. Cela n'avait été qu'une seule longue souffrance, qui l'avait consumé corps et âme, avec une interruption de quatre jours paradisiaques.

Pendant ses trois semaines sur l'océan Indien, James, nauséeux, ayant mal partout, était resté assis adossé à la cloison d'une cabine et avait rêvé… Car c'était un rêve, ce pays, avec sa montagne qui déversait ses nuées comme une bénédiction sur ses habitants fortunés. Un rêve de grandes maisons fraîches, entourées de jardins. Le soldat gardait en mémoire l'image des deux jeunes femmes, la brune et la blonde, dans leurs peignoirs fleuris sous un gros arbre. Cette image-là, et ses nuits avec Daphne. Et un souvenir en particulier, où Daphne semblait briller à la lumière de la lampe : elle lui tendait les bras, ses cheveux blonds répandus sur la blancheur de ses épaules. Et aussi la soirée où ils avaient dansé joue contre joue. Et comment la mer avait grondé au-dessus d'eux pendant leurs étreintes, s'était abattue avec fracas et avait tout aspiré pour ensuite se retirer, inoffensive.

Un rêve de bonheur. Il le garderait en mémoire et ne penserait à rien d'autre qu'à ce rêve, jusqu'à la fin de cette maudite guerre.

En attendant, il se trouvait dans un baraquement, au milieu de cinquante hommes qui juraient, se grattaient et criaient dans leur sommeil, si l'on pouvait appeler ça du sommeil. Et le lendemain matin, avec les autres, il ralliait au pas les convois qui devaient les emmener au camp X, lequel en fin de compte était à deux jours de train. Pour ce qui était de l'inconfort, les conditions de leur voyage en chemin de fer rivalisaient avec celles de leur traversée, mais au moins un train va peu ou prou tout droit ; il ne tangue pas, ni ne fait d'embardées. James regardait défiler le paysage de l'Inde centrale, qu'il détestait. Le Cap lui avait été plus proche, avec ses chênes, ses vignes et ses fruits ; il s'était senti chez lui au milieu d'un paysage où rien ne lui disait : « Tu n'es pas d'ici. »

Lorsqu'ils finirent par atteindre le camp X, quelque part au centre de l'Inde, et gagnèrent au pas le terrain de manœuvres – le *maidan*, l'« esplanade » – pour s'y regrouper avec leurs compagnies, la moitié du camp était constituée de préfabriqués ou de hangars flambant neufs. En d'autres termes, de baraquements Nissen. Des tentes de campement blanches se partageaient le reste de l'espace. C'était la course, tout le monde le savait, même si personne ne le leur avait dit, pour monter les baraquements avant le début de la mousson. Pendant qu'ils défilaient ou se tenaient au repos, leurs pieds foulaient une fine poussière sombre qui volait puis retombait en nuages. Cette odeur... Qu'est-ce que cela sentait ? La fumée de bois, des relents âcres et bien d'autres choses. Les soldats mangeaient l'air autant qu'ils le respiraient, cet air étranger, poudreux, tandis qu'un soleil pareil à un orchestre de cuivres les sonnait de son éclat.

En rangs et par files, les hommes attendaient chez le médecin-major. Éruptions, mal aux pieds, conjonctivites, troubles digestifs, mauvaises toux, ces soldats étaient bons pour l'infirmerie plutôt que pour le combat. Le genou de James se rappelait une fois de plus à lui, pareil à une boule de pâte non cuite, avec une cicatrice étirée en travers. Ses pieds étaient enflés. Il y avait en ville des clubs et des bars qui étaient prêts à divertir les sous-officiers et les soldats, semblait-il. James fut informé qu'il était de ceux qui étaient invités à loger chez un certain colonel Grant et sa femme pour pouvoir récupérer. C'est-à-dire qu'il appartenait à la catégorie de ceux qui n'étaient pas assez mal en point pour l'hôpital, mais pas encore en état de reprendre du service.

Deux cents hommes furent répartis dans des hôpitaux de la région, et le reste fut informé qu'on leur accordait quinze jours de permission. S'ils n'avaient nulle part où aller – et c'était le cas de la majorité –, ils pouvaient rester au camp. Des dispositions seraient prises pour leur délassement.

Lui et neuf autres soldats furent conduits en voiture à un grand bungalow au cœur d'un jardin plein d'arbres sombres et touffus, éclaboussés ici et là de taches roses, rouges et blanches. L'odeur, toujours cette odeur, qu'est-ce que c'était ? – un entêtant parfum de fleurs, mais l'autre, plus poivré, qui flottait dans leurs narines comme pour leur rappeler leur statut d'étranger ? Des oiseaux inconnus émettaient des cris nouveaux pour eux. Dans un jardin, un homme noir en chemise blanche taillait un buisson, accroupi. Cet indigène était enturbanné, alors qu'au Cap, dans les jardins des jeunes femmes, les jardiniers portaient de bons vêtements d'occasion et de vieilles chaussures de toile.

Le colonel Grant était un officier de l'armée indienne à la retraite, et un ami du colonel du régiment de James ; il attendait à présent que la guerre lui permette de rentrer en Angleterre. L'effort de guerre des Grant consistait à recevoir les militaires ayant besoin d'un répit. Les hommes ne se connaissaient pas, même si certains visages leur étaient familiers en raison des semaines passées ensemble sur le navire. C'étaient tous des sous-officiers ou de simples soldats, et le mérite en revenait au colonel Grant, puisque, habituellement, c'étaient toujours des officiers que l'on invitait. James, qui était resté deuxième classe quelles qu'aient été ses diverses affectations depuis deux ans, ne remarquait plus que son langage le mettait à part. Si les sergents l'avaient parfois pris pour cible de leurs sarcasmes, il y avait quelque chose dans sa manière de réagir à ces railleries qui enlevait le côté amusant de l'affaire. Il était donc là, ce jeune homme docile et sans histoire, qui s'efforçait manifestement d'être à la hauteur, d'écouter ce qu'on disait, de faire de son mieux, mais sans excès non plus ; James n'était pas une victime-née. Pour l'heure, s'il ne se rendait pas compte qu'il était une exception au milieu de ces dix soldats, les Grant, eux, s'en rendirent compte. Et puis il avait apporté des livres dans son sac. Le souper était servi sur une grande table, jadis réservée à des occasions plus solennelles et sans doute mondaines, mais qui accueillait à présent des hôtes qui ne connaissaient rien de ces choses-là. La cuisine, lourde et copieuse, était anglaise.

Mrs Grant se montrait affable, elle faisait de son mieux. Imposante, le teint rouge, elle n'était pas très à l'aise dans son corps, car elle transpirait, et tendait toujours son visage vers les bouffées d'air tiède provenant des ventilateurs : si elles n'apportaient aucune fraîcheur, au moins étaient-elles en mouvement. Elle avait des taches sombres sous les aisselles, et sa physionomie plaisante, ou du moins qui cherchait à plaire, souriait consciencieusement pendant qu'elle animait la conversation.

— Et de quelle partie de notre beau pays venez-vous donc ?

— De Bristol… répondit une voix bien timbrée du sud-ouest de l'Angleterre. Je suis plombier de mon état.

— Comme c'est charmant ! Et très utile ! Et est-ce que… Je crains de ne pas avoir compris votre nom…

Puis ce fut au tour de James. Préoccupé, mentalement loin des autres – ce que montrait son visage distrait – il fronçait les sourcils, signe des efforts qu'il devait faire pour être présent, se sentir concerné, bien se tenir.

— Et vous, pardonnez ma mauvaise mémoire… d'où êtes-vous ?

— Des environs de Reading. J'étais encore étudiant quand la guerre a éclaté.

— Comme c'est charmant ! Et qu'étudiiez-vous ?

— La comptabilité et la dactylographie.

À ce moment-là, le colonel Grant, qui avait échangé un regard avec son épouse en raison de cet accent plus raffiné qui se différenciait des autres, déclara :

— Votre journée sera bien remplie demain. Les services sanitaires seront là de bonne heure. Ici, nous commençons avec le jour… À cause de la chaleur, vous savez…

— Si tôt que nous commencions, nous ne pouvons jamais échapper à la chaleur, geignit Mrs Grant.

— Je vous suggère donc de vous mettre au lit de bonne heure et demain nous verrons.

— Je suis sûre que vous prendrez tous un peu de café ? proposa Mrs Grant.

Alors les hommes traînaillèrent en échangeant des coups d'œil. James répondit que oui, il prendrait bien du café, mais le colonel Grant intervint :

— Vous préférerez probablement une bonne tasse de thé. Oui ? Bon, cela ne pose aucun problème. Quand vous serez dans vos quartiers, vous n'aurez qu'à taper dans vos mains et demander du *chai*.

Les hommes furent répartis dans les cottages du jardin, sauf deux d'entre eux – dont l'un était

James, qui s'aperçut que son nom, inscrit d'abord pour un cottage, avait été transféré sans explication vers une chambre d'amis, dans la maison même de ses hôtes.

Aucune explication n'était nécessaire quand on y réfléchissait, et James n'était pas stupide. Gêné, il se consolait à l'idée que son futur compagnon de chambre fût un électricien de Bermondsey. Ce dernier prétendit qu'il aimerait bien une tasse de thé, si personne n'y voyait d'objection, et partit comme une flèche dans l'obscurité en direction des cottages. Ce qui laissait James tout seul. Il but son café en compagnie des Grant, qui l'engagèrent à faire comme chez lui, à emprunter les livres qui lui plaisaient et à user à son gré du gramophone.

James s'allongea sur son lit dans le noir ; il faisait trop chaud sous les draps, et il vit des chauves-souris tournoyer à l'extérieur de la moustiquaire. L'odeur. Y avait-il une odeur particulière au Cap ? Il ne l'avait pas remarqué, en tout cas. Seulement le parfum de la peau et des cheveux de Daphne… Et il glissa dans le sommeil et, s'il se réveilla en criant, il n'y eut personne pour l'entendre.

Le lendemain matin, deux jeunes femmes portant l'uniforme d'une association bénévole d'infirmières arrivèrent pour les examiner. James se retrouva avec le genou bandé. Les dix soldats restèrent tous dans leurs cottages, les pieds trempant dans des solutés très odorants ; tous virent leurs ulcères traités. Tous étaient en bonne voie de guérison.

Un problème se posa alors : neuf hommes étaient déjà à demi fous d'ennui, et voilà qu'ils se trouvaient dans cette maison raffinée et délicate alors que ce qu'ils voulaient, eux, c'était s'amuser – plus précisément, s'enivrer.

Mais les Grant y avaient pensé. Il y avait un cercle militaire en ville qui acceptait de les accueillir. Ils pouvaient même s'y rendre à pied. Mieux valait attendre le soir, où il faisait un peu plus frais.

Cela laissait encore James tout seul, qui ne voulait surtout pas être distrait de ses pensées par un cercle, ou d'autres soldats. Ce qu'il voulait, lui, c'était s'installer sous cette véranda et regarder les oiseaux en pensant au Cap. C'est-à-dire à Daphne, mais pas exclusivement. « Imagine, nous aurions pu être stationnés là-bas, non ? Au lieu de quoi nous sommes ici », songeait-il. L'énormité de la chance, ou du destin, l'absorbait. Et il resta assis pendant des heures, un livre ouvert sur son genou invalide, si plongé dans ses pensées qu'il ne remarqua l'arrivée du colonel qu'au moment où le vieil homme s'assit avec un toussotement.

— J'espère que je ne vous dérange pas ?

— Non, non… Bien sûr que non, monsieur.

Un recueil de poèmes de Rudyard Kipling était posé sur le genou de James. Kipling n'avait pas été au programme des universités d'été de cette année-là, qui lui paraissait maintenant si lointaine. Kipling ! Qu'aurait dit Donald ?

Les rayonnages du salon des Grant étaient remplis de volumes en maroquin rouge repoussé à la feuille d'or, dont beaucoup de Kipling.

Le colonel se pencha en avant, lut le titre, se renversa dans son fauteuil.

— Un bon, Kipling, dit-il. Même s'il est démodé aujourd'hui.

— Je n'en ai jamais lu, monsieur.

— Cela m'intéresserait d'entendre ce que vous en pensez. Votre génération… Vous voyez les choses différemment.

Sur la route poussiéreuse devant le bungalow, au-delà du jardin ombragé, des groupes d'Indiens passaient dans leur symphonie de couleurs.

— Quel est cet oiseau, monsieur ?

— Ce sont des corbeaux, des corbeaux indiens. Ils sont différents des nôtres, n'est-ce pas ?

— On dirait qu'ils sont enroués, comme moi !

Le colonel eut un rire ; manifestement, il était soulagé de rire. La pâleur et l'intensité de James l'inquiétaient.

— Nous avons toutes sortes de microbes. C'est la poussière, la saleté. Mais vous vous immuniserez, avec un peu de chance.

— Et s'immunise-t-on contre la chaleur, monsieur ?

Le colonel regarda les pansements sur les bras et les jambes de James, au-dessous de son short réglementaire ; il devinait qu'il y en avait d'autres à des endroits invisibles. La rougeur sur la nuque de James était le symptôme de la fièvre miliaire.

— Non, on ne s'y habitue pas, je le crains. (Un silence.) J'ai bien peur que ma femme la supporte mal même après toutes ces années. Elle passe le plus de temps possible dans les montagnes, mais en ce moment elle tient à apporter son aide. Alors elle reste ici, mais elle n'est pas taillée pour cette épreuve. Vous avez dû le remarquer.

— Oui, je l'ai remarqué.

— Et où sont vos camarades ?

— Ils explorent la ville.

— Pauvres gars ! Il n'y a pas grand-chose à voir…

— Nous sommes tous contents de n'être plus sur ce bateau, monsieur.

— Oui, j'ai entendu dire que vous en aviez vu de dures.

Il se leva, inclina la tête et se retira. Mais il prit l'habitude de venir retrouver James sous la galerie pour des échanges qui, bien que brefs, n'étaient pas sans objet, comme le vit James.

— Ne vous a-t-on jamais proposé d'être officier ?

— Si, et j'ai refusé. Aujourd'hui, je me demande bien pourquoi.

— Cela aurait pu vous rendre la vie un peu plus facile.

— Oui, c'est ce que j'ai compris sur le transport de troupes.

— Oui.

Une autre fois, au vu du volume rouge sur le genou de James :

Le tumulte et les clameurs s'éteignent,
Les capitaines et les rois s'en vont[20]

— Ils ne semblent pas s'en aller, monsieur, loin de là.

— C'est ce qu'ils attendent de nous, les Indiens. Que nous partions. Vous avez dû le remarquer.

James était déjà en Inde depuis une semaine, et il avait à peine jeté un coup d'œil à un quotidien.

« Émeutes », « Inde indépendante », « L'Inde aux Indiens », « La tyrannie britannique »...

Des mois d'endoctrinement socialiste, qui devait naturellement inclure « l'Inde libre », avaient échappé à James. « Bon, l'Inde aux Indiens, c'est logique », pensa-t-il.

— Le contingent avant le vôtre, le régiment précédent. Ils sont partis pour la Birmanie.

— Oui, nous sommes au courant.

— Avant de partir, ils ont réprimé des émeutes... non loin d'ici. Ils ont mis fin à de vifs désagréments. Qu'en pensez-vous ?

James pensait que si on était soldat, on faisait ce qu'on vous disait. Pas de chance.

— « Il n'y a pas de raison, de pourquoi[21] », monsieur.

Le colonel rit.

— Très sage de votre part !

— Partons-nous pour la Birmanie, monsieur ? osa James.

— Je ne sais pas. Non, vraiment.

— Et si vous le saviez, vous ne me le diriez pas.

— Et si je le savais, je ne pourrais pas vous le dire. Mais vous devez être au courant que les Japs menacent d'envahir l'Inde pour la libérer de notre tyrannie. Et ils se rapprochent de plus en plus.

— Oui, sans doute.

— Et des troupes seront maintenues ici, dans cette éventualité.

— Je vois.

— Oui, cela m'en a tout l'air.

Et une autre conversation, vers la fin de son séjour à Bombay, séjour que James eut du mal à se remémorer plus tard. Celui-ci lui laissa si peu d'impressions, comparé à l'éclat enchanteur du Cap.

Le colonel s'était avancé sous la galerie, précédé par le bruit de ses brodequins sur le plancher, et contemplait le soldat qui était ailleurs, le regard perdu dans le vide, la bouche entrouverte.

— James…

James avait entendu ; après un silence il sourit, se leva, tandis que le colonel s'asseyait. Lui-même se rassit.

— Vous savez, commença le colonel, ce pays n'est pas facile pour certains d'entre nous… Enfin, d'autres semblent s'y épanouir comme le laurier vert, mais ils ne sont pas nombreux, car il vous met à plat.

Puis il hésita, cherchant les mots justes. Il remua ses jambes interminables dans son pantalon de toile beige lustré par le repassage. D'une main maigre et brûlée par le soleil, il se frotta le menton en contemplant pensivement, non James, mais les jardins.

— Puis-je me permettre de vous demander si vous dormez bien ?

— Pas trop bien. Il fait si chaud.

— Oui, c'est vrai. La situation va s'améliorer avec l'arrivée de la mousson. Il n'y en a plus pour longtemps maintenant.

— La mousson, tout le monde en parle comme si c'était une espèce de baguette magique.

— Ma foi, c'est le cas. Oui, c'est tout à fait cela. James… Si je suis importun, alors n'y pensez plus. Mais je voudrais vous dire… Vous ne devez pas prendre les choses trop à cœur. C'est une mauvaise idée où qu'on soit, mais dans ce pays… c'est plus qu'on ne peut supporter, l'Inde produit cet effet si on ne se ressaisit pas. Nous ne sommes pas faits pour ce climat. Il nous anéantit. Je l'ai vu… J'ai passé quarante ans ici. C'est trop long. Je serais rentré au pays s'il n'y avait pas eu la guerre.

Si James avait compris le message, son expression n'en laissa rien paraître ; il n'eut pas un geste, pas un regard non plus en direction du colonel.

— Réfléchissez à ce que je vous dis, voulez-vous ? Tâchez de prendre les choses un peu moins au sérieux.

— Oui, monsieur. Oui… C'est ce bateau, voyez-vous. Je ne pense pas que vous puissiez comprendre… – *on ne dit jamais à un vieil homme qu'il ne comprend pas, quel que soit le sujet.* Je veux dire… Je vous prie de m'excuser, monsieur. Je ne voulais pas… – et puis, le visage blême de colère : C'était horrible. C'était…

De rage contenue, il abattit ses deux poings serrés sur les accoudoirs de son fauteuil. Son livre tomba, et le colonel le ramassa, en tourna les pages. Il lut à haute voix :

— « Cités, trônes et puissances défient le temps, Presque aussi longtemps que les fleurs, Qui tous les jours meurent : Mais comme de nouveaux boutons bourgeonnent Pour d'heureux hommes nouveaux, De la terre épuisée et méprisée Renaissent les cités[22]. » Je me récite souvent ces vers quand ça va mal.

— Oui, monsieur.

— On doit toujours garder le sens de la mesure.

— Oui, monsieur.

— Et puis vous oublierez, vous savez, on oublie.

— Je n'oublierai jamais, monsieur, jamais, jamais.

— Je vois. Excusez-moi.

Et le colonel se retira.

Le jour où les voitures vinrent pour ramener les hôtes des Grant à leur campement, l'air semblait charrier des immondices. Le vent agitait les arbres, chassant des tourbillons de feuilles et même de menues branches sur les routes ; les gens se précipitaient vers les entrées et les abris dans un fatras d'échoppes et de petites maisons, tandis que les commerçants s'efforçaient de poser vite leurs volets pour empêcher leurs marchandises d'être emportées dans les airs. Tous avaient la bouche sèche, les yeux qui piquaient à cause de la poussière.

Les véhicules doublèrent une section accompagnée de son caporal, qui revenait de quelque sortie associée aux deux semaines de permission. Les soldats avaient les yeux plissés, la bouche pincée pour se protéger du soleil et de la poussière, ce qui leur donnait un air indigné. Dix protestataires, avec la terre qui ruisselait d'eux pendant qu'ils marchaient au pas cadencé et des volutes de poussière jusqu'à mi-genoux. Les deux voitures firent voler encore plus de poussière dans leur sillage et, en se retournant, leurs passagers virent une section fantomatique s'évanouir dans un nuage sale.

Les hommes allèrent au rapport signaler leur retour, et James apprit qu'« il avait été proposé » pour être promu officier et pour pouvoir rejoindre ensuite l'administration. Qui l'avait proposé ? Ce ne pouvait être que le colonel Grant, qui était l'ami, lui avait-il confié, du colonel Chase. « Du travail de bureau, pensa James. C'est mon destin. »

— Allez à la visite médicale demain et puis venez au rapport.

James était dans un long baraquement logeant vingt soldats, comparable à celui où il avait atterri lorsqu'il était un bleu, voilà près de trois ans. Si aucun des hommes avec qui il avait fait ses classes en Grande-Bretagne ne se trouvait là, quelques-uns avaient été ses compagnons d'infortune sur le bateau. Assis sur les vingt lits, dix d'un côté, dix de l'autre, des jeunes gens écoutaient la bourrasque projeter la poussière sur leur abri.

— Bon Dieu ! quel pays !

Tout le monde était d'accord.

Ils commencèrent à échanger des impressions sur leurs deux semaines de permission. Tous se plaignaient : rien à faire, deux prétendus clubs qui leur avaient fait la « faveur » d'accepter du personnel non officier, quelques Eurasiennes, tous ceux qui baisaient ces poules cherchaient des embêtements, pénurie permanente de bière, la chaleur, la chaleur, la chaleur…

Puis l'un d'eux lança à James :

— On raconte qu'il va falloir vous faire le salut militaire, monsieur.

C'était inamical. James, habitué aux critiques usuelles des officiers, qui se résumaient à de la haine, comprit qu'il était désormais de l'autre côté.

— C'est ce qu'il paraît, répondit-il.

De là où il était assis, un deuxième classe lui adressa un simulacre de salut.

— Ça suffit, dit le caporal.

— Oui, mon caporal.

— L'administration, expliqua James. Gratte-papier.

— C'est mieux que l'exercice.

— Oh ! je n'en suis pas si sûr, dit encore James.

— Et comment c'était chez ton colonel ?

Un des occupants du baraquement avait fait partie des dix. Alors James riposta :

— Demande à Ted, il te racontera.

— Complètement horrible, dit Ted. Et la colonelle…

Il pointa son index contre son front.

— Moi, ça m'a réussi, objecta James, agacé par tant d'ingratitude. J'avais besoin d'un peu de calme après cette traversée.

— De calme ? reprit Ted. Moi, un peu d'action ne me déplairait pas !

— Peut-être vont-ils nous déplacer, dit une voix.

— Peut-être que non, dit James.

Et il leur répéta les propos du colonel Grant : certains régiments devaient être maintenus en Inde en cas d'invasion japonaise.

Murmures et jurons.

— Vivement la paix !

La mousson arriva dans la nuit. La pluie crépitait si fort sur leur toit que peu d'hommes purent dormir. Le lendemain matin, la poussière de la veille formait de grandes flaques chocolat où l'écume courait au gré du vent.

Les troupes prirent leur petit déjeuner, moites de sueur. Elles allèrent à la visite médicale – toujours aussi moites.

— Comment va ce genou ?

— Mieux, répondit James, qui avait retrouvé un genou mince et valide.

— Je vois que vous jouez au cricket. Je vais vous inscrire.

Le médecin palpa James ici et là, puis ordonna :

— Vos pieds, maintenant.

James retira ses brodequins. Généreuses applications d'un soluté odoriférant.

— Et votre mal de gorge ?

James n'avait parlé de son mal de gorge qu'au colonel.

— Ce n'est pas terrible.

— Jetons un coup d'œil… Oui, je vois. C'est la poussière. Mais maintenant que les pluies sont arrivées, ça va se dégager.

Qu'en savait-il ? L'ensemble du personnel, du colonel jusqu'au plus humble des sans-grade, était nouvellement arrivé en Inde. Tous étaient consternés par ce pays.

— Vous vous acclimaterez, prédit ce jeune homme, qui l'avait lu dans ses manuels.

La pluie cessa. Un soleil propre et bien lavé perça.

Des centaines de jeunes gens marchaient au pas et faisaient l'exercice, faisaient l'exercice et marchaient au pas, ruisselant de sueur sous leur treillis, pendant que les sergents leur hurlaient qu'ils étaient devenus mous et incapables, « mais ne vous en faites pas, on va y remédier ! »

Ce même jour, James fut envoyé à l'intendance militaire chercher un uniforme de sous-lieutenant, passa du temps à se procurer des brodequins neufs et puis se retrouva dans un baraquement en compagnie d'un autre sous-lieutenant, Jack Reeves, qui rangeait des livres sur une étagère à son arrivée – ce qui était plutôt de bon augure.

James confia alors à son nouveau camarade qu'il n'avait aucune idée de la façon dont un officier devait se comporter.

— Ne te tracasse pas, conseilla Jack Reeves. J'ai dit la même chose à mon caporal et il m'a répondu : « Tu n'as qu'à te reposer sur le sein de ton major et il arrangera ton affaire. »

La réplique attendue était : « Et quel sein ! »

En compagnie de quinze de leurs camarades, les deux jeunes gens étaient désormais dans l'administration, sous les ordres d'un capitaine Hargreaves, qui, en temps de paix, avait tenté de combattre la Crise en élevant des poulets dans le Somerset. La guerre l'avait sauvé de la faillite. C'était une sorte de matamore, assez bruyant, mais plutôt compétent. Il arrivait tous les matins à l'administration, passait les troupes en revue, les saluait, puis répartissait les tâches comme on distribue les cartes. Ses subordonnés avaient la responsabilité de l'approvisionnement en vivres, en uniformes et en fournitures médicales, ainsi que du mouvement des hommes et des moyens de transport. L'administration n'ignorait rien du camp et de son dispositif militaire, et cet état de choses procurait un agréable sentiment de pouvoir, dont James aurait pu jouir s'il avait eu un autre caractère. Mais sa vraie vie, ses énergies secrètes le portaient à attendre une lettre de Daphne. La dernière chose, ou presque, qu'il lui avait dite était :

— Tu m'écriras, n'est-ce pas ? Promets-le.

Mais lui avait-il seulement donné le numéro de son régiment ? Son nom entier ? L'avait-elle jamais appelé autrement que James ?

Que cela lui eût pris des semaines avant de s'avouer qu'il n'avait même pas le nom de famille de Daphne, et certainement pas son adresse, montrait à quel point il avait décroché de la réalité. Il ne pouvait donc pas lui écrire, mais elle finirait bien par découvrir où il était et prendrait les devants. Il était sûr qu'elle trouverait un moyen. Le navire avait mis trois semaines pour aller du Cap à Bombay. Comptons une semaine – disons, deux – de contretemps ; il pouvait espérer une lettre d'un jour à l'autre.

Pas de lettre. Rien.

C'était donc à lui de lui écrire. Mais tout ce dont il se souvenait de ces quatre jours paradisiaques, c'était d'avoir débarqué en trébuchant pour tomber dans les bras de Daphne ; voilà l'impression qu'il en avait gardée, une aura de félicité. Une magnifique maison étagée à flanc de colline avec un jardin, dans une rue de maisons semblables. Une petite galerie d'où l'on avait vue sur la mer, la mer meurtrière, et où il avait dansé avec elle toute la nuit, joue contre joue. Puis ce petit bungalow dans la lande aux effluves salés, et les rouleaux qui déferlaient en grondant autour d'eux.

Mais il n'avait pas l'adresse. Ni le numéro ni le nom de la rue. Les femmes qui organisaient l'accueil des troupes à l'arrivée des bateaux ne tenaient pas compte du nom de tel ou tel soldat : elles se contentaient d'envoyer les hommes chez des hôtesses de bonne volonté. Comment savoir son patronyme ? Par la base de Simonstown ? Écrire pour demander les noms des hôtesses qui avaient été si gentilles quand le bateau de transport de troupes X était à quai ?... Des propos inconsidérés pouvaient coûter des vies. Impossible donc de les coucher dans une lettre. Les censeurs les couperaient.

Que devait-il faire ? Peu importait, c'est elle qui lui écrirait et il aurait alors son adresse. Entretemps, il lui dédiait de longues épîtres, qu'il mettait soigneusement de côté, numérotées et datées.

Il rêvait d'elle avec une intensité maladive. Le souvenir qu'il conservait du Cap – et de jour en jour les scènes sur lesquelles il s'attardait devenaient plus lumineuses à mesure qu'il les polissait, qu'il les revivait – ce souvenir, donc, était plus net pour lui que cet horrible endroit plein de jeunes gens qui s'ennuyaient. « Ce camp, quel bordel ! » grognaient les troupes. Même alors, tous les baraquements n'avaient pas encore été montés. Quelques gars étaient encore sous des guitounes qui, jadis d'un blanc éclatant, étaient à présent maculées, brunâtres, et dont une boue liquide venait lécher le bas et imbiber les tapis de sol. Des équipes de petits hommes bruns et frêles avec des pagnes en tissu – sûrement plus légers que leurs treillis épais ! – hissaient encore des tôles pour la toiture ou couraient de-ci de-là, chargés de hottes de briques. Tout avait un air d'inachèvement, d'improvisation. Tout était difficile : les vivres et l'eau, et les médicaments de base, qui devaient être expédiés, si c'était le terme exact, de Delhi par le train.

Les doléances sur la nourriture ne manquaient pas. Les plats au curry firent leur apparition, mais ce que voulaient les hommes c'était le rosbif de la vieille Angleterre, et cela posait toutes sortes de problèmes. Les hindous ne mangeaient pas de bœuf. Leurs vaches erraient sans but, étiques et pitoyables, mais elles étaient sacrées, et le bœuf venait des musulmans. Le pire, c'était l'eau : la moindre goutte devait être bouillie, ou était censée au moins être épurée avec des pastilles, mais parfois les hommes oubliaient. Il y avait déjà eu une épidémie de dysenterie, et le petit hôpital était plein.

Dans les intervalles entre les ondées la poussière séchait, mais quelle poussière ! James la ramassait à pleines mains, la laissait couler entre ses doigts, une poudre aussi fine que de la farine. « La terre épuisée et méprisée », murmura-t-il. C'était là où Kipling avait trouvé son vers, dans le sol poudreux et sans vie de l'Inde. Ce sol ne pouvait produire le moindre brin d'herbe, il était si épuisé !

Il passait le temps requis au mess des officiers et n'oubliait jamais de sacrifier à ses rituels. Il était décidé à ne pas être pris pour un original.

Et pourtant il se doutait que ce devait être le cas ; il lui arrivait parfois, en effet, de ne pas entendre quand on lui parlait. Il était plus heureux en compagnie de Jack Reeves, dans leur baraquement, à lire ou à parler de l'Angleterre. Jack avait le mal du pays et le disait ; James, lui, était malade d'amour, mais il ne se confiait pas à son ami. Personne ne pouvait comprendre, il le savait.

Aucune lettre ne venait de Daphne. De sa mère, oui, des lettres pleines de mots de son père et grossièrement censurées, mais Daphne, elle, demeurait silencieuse.

Grâce à sa place dans l'administration, il apprit qu'un autre bateau de transport de troupes arrivait, qui n'était pas destiné à décharger sa cargaison au camp X mais aux camps Y et Z ; cinquante hommes allaient débarquer ici afin de remplacer les vingt-cinq hospitalisés au Cap et les pertes essuyées depuis. Il y avait déjà eu des funérailles ; la sonnerie aux morts avait retenti au-dessus du camp X. Certains malades ne seraient jamais bons pour le service et devaient attendre la fin de la guerre pour rentrer chez eux. Comme l'avait dit le colonel Grant, l'Inde « mettait à plat ».

Ce camp était tellement chargé de nostalgie et de regrets qu'il aurait pu s'élever dans les airs pour rentrer tout droit en Angleterre sans l'aide de bateaux, ou même d'avions, lesquels étaient réservés aux personnalités. C'était l'objet des plaisanteries de Jack et James, fantaisie qui égaya le camp pour un temps.

Les nouveaux arrivants du transport de troupes anonyme avaient passé trois jours au Cap : avec de la malchance, c'eût été Durban, mais ç'avait été le Cap. James parla à l'un d'eux, et puis à un autre, jusqu'à ce qu'il en eût trouvé un qui avait été reçu chez l'habitant, mais ce dernier ne lui décrivit rien qui ressemblât aux maisons et aux jardins de ses souvenirs. Finalement, après des recherches assidues, James sentit que oui, il avait mis dans le mille. Son interlocuteur avait été conduit dans une maison sur une colline, avec un jardin et…

— Comment s'appelait-elle ?

— Betty, elle s'appelait Betty. Et quelle soirée ! Le buffet, les boissons…

— Et y avait-il une autre femme ? Une blonde ?

— Il y avait pas mal de filles, oui. Quel était son nom ?

— Daphne, elle s'appelait Daphne.

Et voilà que James entendit enfin :

— Oui, je crois que oui. Oui, une blonde. Mais elle n'est pas restée longtemps. Elle était enceinte. Elle a dû déjà accoucher.

James eut beau insister et le presser de questions, il ne put en savoir davantage.

Enceinte. Neuf mois. Cela coïncidait. Le bébé était de lui. Il ne pouvait en être autrement. Comme c'était curieux, pas une fois il n'avait imaginé un bébé, alors qu'il s'en voulait à présent de ne pas y avoir songé. Les bébés résultent des étreintes amoureuses. Mais « de », c'était là une préposition un peu abstraite. Ses étreintes avec Daphne, qu'avaient-elles donc à voir avec le « génitif » ? Avec la progéniture ? Non, ça ne lui était pas venu à l'esprit. Désormais, il ne pourrait penser à rien d'autre. Là-bas, de l'autre côté de la mer, au-delà de l'effroyable océan Indien, il y avait cette belle ville sur ses collines et là, dans cette maison, se trouvait son seul amour avec son enfant.

Il fit une nouvelle tentative avec son informateur :

— Quelle était l'adresse ? Où a eu lieu cette soirée ?

— Aucune idée, désolé.

— Comment s'appelait la blonde ?

— Je croyais que vous aviez dit Daphne.

— Non, son nom de famille.

— Aucune idée.

— Avez-vous retenu le nom de votre hôtesse, la brune, Betty ?

— Stubbs, je crois.

— Pas l'adresse ?

— Désolé, je n'y ai pas fait attention. Vous savez, on nous a juste emmenés là-haut en voiture et puis on nous a redescendus.

— Va-t-elle vous écrire ?

— Qui ?

— Betty, Betty Stubbs, va-t-elle correspondre avec vous ?

— Non. Pourquoi le devrait-elle ? Nous étions des dizaines. Elle ne va pas écrire des lettres à tous les pauvres diables qu'elle a invités à sa soirée !

Mais James était mieux loti avec un nom de plus. Il avait eu « Betty » ; à présent il avait « Stubbs ». Son mari était un capitaine de la base de Simonstown et un ami du mari de Daphne.

Quittant le monde de ses rêves pour revenir à la dure réalité (« ce qu'on appelait la réalité ! » – il savait que son état d'esprit serait critiqué s'il venait à être connu), il décida qu'il ne pouvait quand même pas écrire au mari de cette amie de Daphne, Betty, pour lui demander : « Auriez-vous l'obligeance de remettre la lettre ci-jointe à votre amie et voisine Daphne ? » Au fond, Daphne était elle aussi mariée, elle le lui avait dit. Mais quand bien même eût-elle eu deux ou trois maris, ils n'auraient rien changé à la vie secrète qu'il partageait avec Daphne et, il en était sûr, qu'elle devait partager aussi. Personne n'eût pu vivre ces moments sans en être changé pour toujours, de ça il était sûr. Mais il ne voulait pas lui faire de tort.

Il écrivit donc :

Cher capitaine Stubbs,

J'ai été un des heureux hommes qui ont débarqué au Cap pour quatre jours, il y a quelques mois de cela. J'ai été l'invité de Daphne, qui habite la maison voisine de la vôtre. Je vous serais reconnaissant si vous pouviez me faire parvenir son adresse.

Bien à vous

Sous-lieutenant James Reid

Cette lettre badine qui ne révélait rien – il en était certain – suivit les circuits sécurisés habituels. Le plus tôt qu'il pouvait espérer une réponse, même si tout marchait au mieux, c'était dans un délai d'un mois, de six semaines, disons.

Les six semaines s'écoulèrent.

James était si intensément absorbé dans son rêve qu'il s'aperçut à peine que les pluies avaient cessé, que la terre se desséchait, que la chaleur redevenait accablante. Devant son baraquement, quelqu'un avait jeté un pépin de mangue qui avait germé et était déjà vigoureux et haut de six pouces. Ainsi, la terre d'Inde était peut-être méprisée, mais elle n'était certainement pas épuisée.

James expédia un nouveau courrier à Simonstown. Après tout, des lettres s'égaraient, des navires sombraient ; sa première missive à Simonstown avait été comme un avion en papier porteur d'un message qu'il aurait lancé dans le noir.

Les mois passèrent. Une lettre finit par arriver, qui disait :

Cher James,

Je prends la plume à la demande de Daphne. Elle vous prie de ne plus lui écrire. Elle est heureuse et va très bien. Elle attend un autre bébé, qui devrait être né au moment où vous lirez ces lignes. Elle aura donc bientôt deux enfants. Joe porte le nom de son père et, si le deuxième est une petite fille, ce dont Daphne est sûre, elle s'appellera Jill.
Elle vous envoie ses compliments.

Bien amicalement.
Betty Stubbs pour Daphne Wright

Ses compliments ! Elle lui envoyait ses compliments ! James mit de côté les compliments. Ce n'était pas là ce qu'elle voulait dire, mais ce qu'elle devait dire.

Aux vignettes de ses souvenirs intimes – les deux jolies femmes dans leurs peignoirs fleuris sous un arbre, Daphne sous cent aspects différents, tous souriants –, il ajoutait maintenant Daphne avec un petit garçon, un bel enfant blond, complètement différent des bébés bruns aux poignets potelés ornés de bracelets d'or qu'il voyait sur les hanches de leurs mères, sur les routes, dans les échoppes, dans l'embrasure des portes. Quand la guerre serait finie, il irait au Cap chercher Daphne, chercher son fils. Il était conscient de ne rejeter tous ces adorables bébés indiens que parce que leurs mères n'étaient pas Daphne.

La guerre n'est pas un continuum, mais une succession de longues périodes d'inaction et d'ennui entrecoupées d'accès d'intense activité. C'est-à-dire : combat, danger, mort, et puis retour à l'ennui et à la quiétude. Ce sont toujours les mêmes nouvelles qui viennent des fronts. « Comment c'était la guerre pour toi ? — Bon Dieu ! L'ennui, c'était ça le pire. — Mais je te croyais à Dunkerque… À Borodino… En Crête… En Birmanie… Au siège de Mafeking ? — Oui, mais dans les intervalles, mon Dieu, quel ennui ! Je ne souhaiterais pas ça à mon pire ennemi ! » Au camp X, l'ennui était comme une maladie, une de ces affections où un virus détruit le système immunitaire. Cet ennui était atténué par la fièvre des rumeurs.

Les rumeurs en temps de guerre, en voilà un thème ! Des pronostics qui ont la vivacité des rêves, nourris de terreur, de solitude et d'espoir dans d'improbables replis de l'esprit humain, qui mijotent et qui bouillonnent, et puis coulent en mots des lèvres d'un bavard impénitent dans un pub ou un baraquement, et volent ensuite de bouche en bouche, jusqu'à ce que, en un rien de temps, un jour, une semaine, la vérité sorte au grand jour : « Nous sommes affectés au camp Y, non, au camp Z, pour être plus près quand les Japs attaqueront. — Ils vont attaquer la semaine prochaine, c'est pourquoi le 9e régiment de fusiliers de l'Empire britannique monte là-haut. — On nous envoie en Birmanie, c'est l'adjudant qui l'a dit au sergent Benton. — Ce camp est trop insalubre, il va être fermé, et on va nous envoyer dans les montagnes. — Ils nous ont caché une épidémie de choléra. Garde cette information pour toi ou on aura une émeute ! — Ils mettent des calmants dans le rata pour nous faire tenir tranquilles… »

L'ennui et les rumeurs.

Les Japs se rapprochaient ; ils grouillaient dans toute l'Asie, mais ce ne fut pas le régiment de James qu'on envoya au feu. Le régiment de James basé au camp X, où James rêvait et vivait au quotidien, ne fut envoyé nulle part. La vie continua avec son inconfort, jour après jour ; les vents chauds soufflaient de tous côtés, la salive avait un goût de poussière, les yeux piquaient et puis les pluies de la mousson… La troisième. 1943. Les soldats voyaient les Indiens sortir en courant de leurs maisons et de leurs échoppes et lever les bras sous la pluie pour tourner sur eux-mêmes en chantant. Aucun des soldats ne sortait en courant de son baraquement pour danser sous la pluie ; il était de son devoir de donner l'exemple, de se comporter correctement, de respecter les formes.

Le colonel Grant et son épouse avaient invité James pour un ou deux week-ends. Le colonel s'était entiché de James, ce que ce dernier, dans sa modestie, résumait ainsi : « J'imagine qu'il aime avoir quelqu'un à qui parler de Kipling. »

Au cours d'une conversation, Mrs Grant avait dit à son mari :

— Je ne veux plus de ces sans-grade. Ils ne savent pas se tenir. La dernière fois, ils ont vomi dans toute la maison.

— Vous exagérez, ma chère.

— Non. Ils ne sont pas de notre milieu, et ils n'aiment pas vraiment venir chez nous.

Le colonel Grant soupçonnait bien que c'était vrai, mais il insista :

— Ils passent par des moments difficiles ici. Nous devons faire notre possible pour eux.

— Je suis formelle, seulement des officiers, je ne tolère tout simplement pas la troupe.

Cet échange avait ses arrière-plans. Il y avait longtemps de cela, le colonel Grant avait été un petit garçon pauvre à qui son intelligence avait valu une des rares bourses pour Sandhurst, laquelle s'était révélée amplement justifiée au fur et à mesure qu'il gravissait les échelons de la hiérarchie. Il avait fait une brillante carrière. Mais il n'était pas du même milieu que sa femme, lady Mildred. Pas à ses débuts. C'est pourquoi les Grant avaient toujours reçu les hommes de troupe. Ils ne les recevraient plus. Mrs Grant était formelle.

— Mais je n'ai rien contre ce garçon… Comment s'appelle-t-il déjà ?… James quelque chose, lui sait bien se tenir.

— Il est officier maintenant, ma chère.

— Eh bien, voilà !

Dix jeunes officiers, dont James, avaient passé un long week-end chez les Grant et s'étaient assez bien tenus même si, à l'instar des précédents invités, ils s'étaient éclipsés dans les clubs de la ville.

Sauf James.

Comme ils étaient amicalement installés sous la galerie, un plateau de thé entre eux, le colonel Grant questionna James :

— James, dites-moi, que raconte-t-on au camp sur la situation en général ?

— Vous voulez dire, sur le fait qu'on reste ici, en Inde, réduits à l'inaction ?

C'était direct, et c'était amer, et ce n'était pas seulement son avis personnel.

— Bon, mais qu'en disent-ils ?

Mais le colonel devait bien savoir ce qu'« ils » en disaient, étant donné que son ami le colonel Chase entendait tout au mess des officiers. Aurait-il oublié que James n'était plus avec la troupe ?

— Quand j'étais encore en rapport avec les hommes, il y avait pas mal de grincements de dents. Ça ne leur plaît pas trop. Mais, vous savez, les hommes ne sont jamais contents.

Oui, le colonel le savait, il n'avait pas oublié.

— ... Les hommes détestent les officiers pour la forme, me semble-t-il, monsieur. Mais était-ce bien là ce que vous me demandiez ?

La question du colonel résultait de différentes motivations et prenait racine à maints niveaux de son être. Lui et le colonel Chase étaient restés ensemble à discuter immodérément – pour des officiers comme eux – du mécontentement général, et ils se sentaient hors du coup.

— À la popote… y a-t-il un mauvais esprit ? Un dangereux mauvais esprit ?

Puisque le colonel Chase entendait le genre de propos qui s'y tenaient, ce devait être une question d'interprétation. James était très surpris.

— Je n'aime pas la politique, monsieur. Je ne l'ai jamais aimée.

Émettre une telle opinion, sans détour, n'était pas une chose qu'il aurait osé faire au mess.

Au début, il avait dit : « Je ne m'intéresse pas à la politique », comme il aurait dit : « Je ne prends pas de sucre avec mon thé. »

Il aurait pu soutenir qu'il était conservateur, ou – avec provocation – qu'il avait l'intention de voter travailliste. Mais non, il ne s'y intéressait pas, tout comme à l'époque, disons, des « 95 thèses » de Luther, on avait pu clamer : « Je ne m'intéresse pas à la religion. »

Ne pas s'intéresser à la politique : cela signifiait qu'il était cyniquement indifférent au sort de l'humanité ou, à tout le moins, mal renseigné. Ce soir-là, qui remontait au temps de son arrivée, une douzaine de jeunes gens avaient entrepris de l'endoctriner. Aussi, il avait mis au point une manière polie de montrer de l'intérêt sans s'engager pour autant.

Mais cette manifestation d'intérêt pour son absence de convictions personnelles l'avait incité à réfléchir aux glorieuses journées de 1938. Il savait désormais que l'intense politisation de cette époque n'était pas l'état normal de la nation. Une politisation essentiellement de gauche. Tout un bouillonnement d'idées politiques était né de la guerre civile espagnole, du marasme économique et de la pauvreté, des menaces de guerre imminente, et il y avait donc eu toute cette politique, essentiellement de gauche. James s'était mis à l'écoute de son temps, tout en lisant toujours de la poésie.

Au mess, la majorité des jeunes hommes étaient de différentes obédiences de gauche, mais les discussions – bruyantes – portaient sur l'Inde. Les jeunes officiers, pas les vieux. Tout le sous-continent indien résonnait de discours sur la liberté, l'acceptation de l'indépendance par la Grande-Bretagne, et ici, au camp X, leur tâche principale était de les réprimer.

Qu'avait donc dit le colonel Chase au colonel Grant ? Il avait dû parler de trublions, de bolchos et même de communistes. De la Cinquième colonne. Et peut-être même avait-il été question de cour martiale.

— Vous n'aimez peut-être pas la politique, James, mais je ne pense pas que vous puissiez en faire l'économie.

— Je n'y pense jamais, avait répondu sincèrement James.

Alors le colonel avait protesté d'une voix peinée de vieil homme :

— Ce que nous avons réalisé ici, en Inde, ne compte-t-il donc pour rien à vos yeux ? Nous avons construit toutes ces belles voies ferrées, nous avons construit des routes, nous avons maintenu l'ordre...

Il dut s'interrompre. « Ordre » n'était pas le mot qui convenait pour les événements du moment : des agitateurs omniprésents, le Congrès, des gens mis en prison. Puis il reprit :

— L'Empire britannique ne signifie-t-il rien pour vous, James ?

— « Les capitaines et les rois vont devoir s'en aller », monsieur, voilà ce que je pense.

— Je vois, et cela vous est égal.

James aurait pu répliquer que, s'il avait été dans les bras de Daphne, tout ce maudit Empire britannique aurait bien pu aller par le fond.

— Eh bien, monsieur, je ne crois pas que ce que nous en pensons changera grand-chose à ce qui se passe, dit-il.

Mais sa voix s'était déjà troublée. Une des raisons pour lesquelles il n'aimait pas penser à la politique était que, s'il s'y laissait entraîner, il devait penser à la guerre. Cela voulait dire sombrer dans l'horreur, une protestation incrédule, sceptique, contre l'existence même de la guerre. Il savait qu'il en rêvait. Que son énormité, son poids le hantaient.

Le colonel Grant regarda sévèrement le jeune homme, qu'il avait été près d'accuser d'insensibilité. Mais non, ce n'était pas cela. Il voyait une vraie souffrance en lui, et ses beaux yeux bleus, que le colonel trouvait très anglais, étaient malheureux.

Au plus fort de la saison chaude, les Grant invitèrent James et quelques autres, dont le sous-lieutenant Jack Reeves, à venir passer une semaine à la montagne. Ils prirent donc le long tortillard qui montait vers les sommets et se retrouvèrent dans un petit cottage dont le jardin abritait des fleurs anglaises. Les vents étaient frais et légers, et il n'y avait pas de poussière. Les villas et les maisons avaient pour noms « Allée des ormes », « Pavillon de glycine », « Kent Cottage », « Clos des roses trémières ». Mrs Grant, qui n'était plus congestionnée par la chaleur, même si l'encolure de sa robe laissait voir une marque rouge plus ou moins en forme de V, se révéla être une hôtesse banale, résignée, mais qui avait tendance à en rajouter, peut-être parce qu'elle avait mauvaise conscience. « James, vous devez vraiment prendre soin de vous, je vous ai encore entendu tousser la nuit dernière. Et vous aussi, Jack, voici du sirop. » On voyait que le colonel était manifestement soulagé du retour de son épouse à la normalité, ce qui était touchant ; il la regardait avec… Était-ce vraiment de la tendresse ? de la sollicitude ? de l'amour ? Les jeunes observent les couples de leurs aînés avec politesse, et la secrète résolution de ne jamais se marier. Ou alors : « Si je me marie, ce ne sera jamais avec ce genre de vieille toupie ! »

Les promenades en altitude étaient agréables. On pouvait monter à cheval. James ne montait pas, mais les autres, oui. S'asseoir simplement pour respirer l'air pur était un régal. En bas dans la fournaise de la plaine, au camp X, ils transpiraient sans bouger, et le sommeil était lent à venir. Les quatre soldats ne tarderaient pas à y redescendre, mais entre-temps…

James s'installait sous la petite galerie avec un livre, et le colonel venait parfois lui tenir compagnie. Il y avait désormais en lui un désenchantement où James, instruit par une longue observation de son père, reconnaissait la trace des regrets.

— C'est triste, remarqua le colonel plus d'une fois, d'avoir passé sa vie à exercer un métier qu'on croyait honorable pour s'apercevoir ensuite qu'on n'est pas apprécié.

Le colonel Grant se sentait seul, voilà la découverte que James fit pendant sa villégiature. Mais il était marié, non ? Enfin, oui, il l'était, mais... Il avait probablement de vieux amis ? James pensa alors à son père et comprit que lui aussi se sentait seul ; il pressentit la solitude de son père par l'intermédiaire du colonel Grant. Il y avait pourtant les soirées de vétérans au pub, et il rentrait à la maison retrouver sa femme... Avec laquelle il ne communiquait pas. Qu'est-ce que le colonel Grant aimerait dire, s'il le pouvait, et à qui ? Son problème se réduisait-il à un besoin de se plaindre d'une absence de reconnaissance ? Non, c'était quelque chose de plus profond, et James connaissait la réponse, en pensée tout au moins ; somme toute, le colonel ne parlait jamais à personne de son véritable moi. Et son père : quelles pensées gardait-il donc secrètes dans ses silences ?

Même quand le colonel n'était pas là, James n'était pas seul. Le bungalow (« Pelouse du majordome ») était occupé par un jeune couple d'Anglais et leur enfant, un garçonnet qui marchait à peine, ou plutôt qui titubait, avec son *ayah* toujours sur le qui-vive. Ce petit être avait pris James en affection, peut-être à cause de l'intérêt que ce dernier lui portait ; de la galerie de sa maison, il guettait le jeune homme qui l'observait sur la galerie du bungalow voisin. L'*ayah* prit l'habitude de lui amener le bébé pour le laisser jouer à ses nouveaux jeux : ramper puis s'asseoir, se hisser debout tant bien que mal puis encore se rasseoir, pendant que James, rangeant ses grandes jambes de côté afin de ne pas gêner les efforts de l'enfant, se tenait aussi prêt que la nounou à empêcher qu'il se fasse mal. Si le petit n'aimait pas trop être pris sur les genoux, il adorait se planter devant James, jambes écartées, puis se laisser tomber assis sur son postérieur rembourré en riant – *pouf !* – et se relever, aidé de James. Le colonel avait observé la scène, tout comme Mrs Grant. Il n'était pas si courant qu'un jeune homme s'intéressât à un bébé.

— Avez-vous des frères et sœurs ? demanda le colonel.

— Non, je suis enfant unique.

— Peut-être ceci explique-t-il cela... Mais cet enfant vous aime vraiment... Regardez, Mildred.

Et Mrs Grant s'encadra fugitivement dans la porte pour complimenter le jeune homme, lequel se serait bien passé de cet excès d'attention. Il aurait préféré être seul avec ce petit être, plus ou moins du même âge que son enfant, si loin en Afrique du Sud. Il aurait bien voulu convaincre le petit garçon de venir se jucher sur son genou, afin de pouvoir regarder de près ses yeux bleus et brillants et peut-être le serrer contre lui, sentir son corps chaud et débordant de vie... Tenir cet enfant dans ses bras et penser au sien. Mais l'*ayah* ne le quittait pas des yeux.

Assis, ses vieilles jambes étendues devant lui, ses vieilles mains légèrement tremblotantes, un verre de whisky à son côté, le colonel contemplait le jeune homme et l'enfant. Ses fils avaient grandi et couraient le monde, des militaires, l'un d'eux était sur le front birman. Le colonel se souvenait peut-être de ses propres enfants comme de bons petits diables prometteurs, les comparant avec ce qu'ils étaient devenus, comme les vieux ont tendance à le faire, quand il voyait cette petite boule d'amour se cramponner aux genoux de

James en tombant en arrière pour se rattraper, et qui riait et poussait des cris de joie. Sur le visage du colonel se lisait le sourire le plus tendre. Le même que sur celui de James.

— Quand la guerre sera finie, ce sera votre tour, dit le colonel au jeune homme.

« C'est déjà mon tour », exulta intérieurement James, tout en répondant :

— Oui, monsieur, j'espère.

Le temps passe… C'est vrai, il faut l'admettre, mais il ne passe pas toujours à la même vitesse, et cela sans tenir compte du fait que le temps ne s'écoule pas pareil selon que l'on a trois, treize, trente, soixante ou quatre-vingt-dix ans, et que nous expérimentons tous. Le temps coule différemment en des lieux différents : au camp X, il se traînait.

Le colonel Grant, sollicité (avec tact) par James pour savoir s'il y aurait jamais une chance que son régiment fût envoyé dans un endroit plus intéressant, eut cette réponse sibylline qu'« ils devaient être toujours prêts à affronter les troubles, où qu'ils surgissent ».

Non seulement les « troubles » étaient déjà visibles, mais ils allaient même croissant, et tous le savaient, y compris ceux qui ne lisaient pas les journaux ou n'écoutaient pas la TSF. Les « fauteurs de troubles », selon l'expression du colonel, s'activaient de plus en plus, et le « mécontentement » gagnait partout, telle une urticaire de chaleur.

On envoya des compagnies du camp X pour « remettre de l'ordre ». James en fit partie, plusieurs fois. Il sympathisa avec les soldats qui se plaignaient ouvertement du fait qu'ils étaient censés combattre un ennemi et non « casser » de l'Indien. Jack Reeves se déclarait lui aussi un peu « rouge », mais disait qu'il l'était encore plus maintenant qu'il voyait le « Raj », l'Empire britannique, à l'œuvre.

Une chanson était sur toutes les lèvres au camp X, et pas seulement chez les sans-grade :

Qu'as-tu fait à la guerre, papa ?
J'ai réprimé les Indiens,
Oui, nous avons réprimé les Indiens…

D'un côté, l'arrivée d'un officier responsable du théâtre aux armées – Donald Enright, devenu l'adjudant-major Enright – calma les plaintes et les récriminations du camp X. D'un autre, elle les exacerba parce que Donald était un rouge déclaré, qui faisait même du prosélytisme.

Que ces centaines de jeunes gens en proie à l'ennui eussent besoin de s'amuser, personne ne pouvait le nier.

Donald était content de revoir James, mais sûrement pas autant qu'une année de connivence l'eût mérité ! Certes, il avait eu d'autres complices depuis. C'était désormais un imposant jeune homme, autoritaire, extraverti, plein de jovialité et de bonne volonté. Partout où il allait, il se retrouvait au centre d'un groupe bruyant. Il circulait dans le camp en rameutant des admirateurs à la manière de… Eh bien, à la manière d'un politicien.

Il organisa aussitôt un concert populaire, faisant appel à une quantité impressionnante de troupes. Mais le public devait être cent fois plus nombreux que les artistes. James fut enrôlé : il jouait une fille, mais cela ne le dérangeait pas du tout ; les huées et les mauvaises blagues de rigueur dans de tels moments ne l'atteignaient pas. Dans sa tête, il enlaçait souvent la plus belle femme du monde, et il était le père d'un adorable petit garçon. Il surprit le public autant qu'il se surprit lui-même par son interprétation tonique d'une sainte-nitouche. Jack, lui, se révéla doué pour ce type de manifestation et ne tarda pas à écrire des sketches pour Donald. Puis Donald monta *Ils vont par la ville* de John. B. Priestley, cette pièce qui pendant la guerre incarna plus qu'aucune autre les rêves ardents et idéalistes d'une vie meilleure. Il s'attaqua ensuite à Shakespeare et à *La Nuit des rois*. Les soldats allèrent voir le spectacle parce qu'il n'y avait rien d'autre à faire, mais furent convaincus d'y avoir pris plaisir. Pour certains, ce fut vraiment le cas.

Ils vont par la ville avait créé une demande de débats. Le premier fut « Une Grande-Bretagne socialiste ». Succès retentissant. Donald ne tarda pas à mettre sur pied des conférences et des débats qui marchaient aussi bien que ses concerts. Il monta également une bibliothèque – comment ? personne ne semblait le savoir. Il mendiait et empruntait des livres, qu'il ne rendait jamais à leurs propriétaires ; il allait dans les clubs de la ville et collait des avis de recherche. Quand il y eut une demande d'un ouvrage sur l'économie socialiste, et comme ce type d'ouvrage n'était pas au catalogue de la bibliothèque du camp, il alla jusqu'à rédiger lui-même un épais pamphlet dont il tira cinquante polycopiés. Il y avait pénurie de papier ; il en récupérait à droite et à gauche, en volait même sans doute.

Un officier politique assistait à tous les débats et à toutes les conférences, prenant des notes. Le débat « Quitter l'Inde maintenant » (le « maintenant » étant quelque peu hypothétique : « Nous sommes en guerre, vous ne le saviez pas ? ») devint le thème d'une lettre ouverte au journal du camp, que Donald semblait avoir repris. Quand on lui reprocha d'animer un one-man-show, il répliqua :

— Très bien, alors pourquoi ne pas donner un coup de main ? Vas-y, crée un bulletin du camp, on en aurait bien besoin !

Le contestataire créa donc un bulletin, les ragots du camp, mais celui-ci dépérit, et Donald ne tarda pas à en prendre les rênes.

Donald fut convoqué par les autorités militaires : on lui rappela qu'il y avait des limites et qu'il les dépassait. Plus de conférences sur la situation politique en Inde. Compris ?

— Et que diriez-vous d'une série sur l'histoire de l'Inde ?

— D'accord, approuvèrent les autorités.

Mais l'histoire n'englobait-elle pas l'apport britannique ? chicana-t-il mielleusement, après s'être entendu reprocher les titres de ses trois dernières conférences : « Clive d'Inde[23] : le drapeau suit le commerce », « La Compagnie des Indes orientales », « L'Empire britannique : qui perd gagne ». Une fois encore, au garde-à-vous devant toute une brochette d'officiers supérieurs, il affirma avoir reçu l'autorisation d'aborder l'histoire.

N'était-ce pas vrai ? Il était sûr que c'était vrai. Le capitaine Hargreaves, qui avait garanti à l'administration que, selon lui, les conférences sur l'Inde ne posaient pas de problèmes, il en avait vu d'autres, soutint Donald, qui demandait pourquoi il n'était pas conforme au règlement que des soldats britanniques qui combattaient pour la démocratie entendissent les arguments des deux parties. Voilà ce qu'il plaidait aimablement, lui, le modèle de l'ardeur à servir.

Les conférences continuèrent. Les sans-grade, montant l'affaire en épingle, y assistaient en force ; il s'avéra que deux de ces conférences furent données par des officiers supérieurs qui étaient des experts sur le sujet. Et pour les séances de questions, Donald se leva pour dire qu'« il n'y avait pas de raison, pas de pourquoi » (le poème de Tennyson avait paru dans son journal) : ils pouvaient écouter, mais n'avaient aucunement le droit d'exprimer leurs pensées.

C'était d'une insolence si retorse que les autorités militaires ne savaient que faire. Mais le bruit courut dans le camp que de sévères sanctions étaient prévues, basées sur la peine maximale prévue pour insoumission.

Une vraie révolte couvait, sinon l'insoumission. Des années d'ennui et la chaleur écrasante avaient fait grimper la fièvre morale de tout le monde, et même sans la présence incendiaire de Donald, d'un baraquement militaire à l'autre, les troupes discutaient de leur rôle dans tout cela. Du rôle de l'armée britannique.

Donald monta *Comme il vous plaira.* Qui eût reconnu en cette Rosalind lutine, pour ne pas dire charmeuse, le jeune homme sérieux et taciturne que tout le monde avait plus ou moins tendance à laisser dans son coin ? Ce n'était pas un gros buveur, il ne brillait pas au mess des officiers ; il se débrouillait assez bien au cricket. Quand c'était son tour de tenir la bibliothèque du camp, il était serviable, prodigue en renseignements. Il se montrait amical avec les deuxième classe, qui semblaient même bien l'aimer. Et voilà qu'il était applaudi en Rosalind !

De la popote des sergents arriva un petit bouquet de fleurs avec une carte : « À la belle Rosalind. » Et les obscénités de rigueur. Si les sergents jouaient leur traditionnel rôle de père Fouettard aboyeur sur le terrain de manœuvres, en dehors de ses limites ils étaient enclins à la bonne humeur, et même à une attitude qui pouvait être qualifiée d'avunculaire. La longue épreuve du camp X les usait : « De vraies mères poules », blaguaient quelques jeunes officiers, car, n'étant plus sous l'autorité des sergents mais sous celle de leurs supérieurs nominaux, alors qu'ils suivaient leurs avis en tout, ils pouvaient se permettre de blaguer. Cette blague-là revint aux oreilles du sergent Perkins, qui entra dans le baraquement occupé par James et Jack, leur fit le salut militaire et hurla :

— D'accord, si je suis une mère poule, alors je dois dire que ce baraquement est une porcherie. Vous avez intérêt à faire le ménage avant que le capitaine Hargreaves l'apprenne !

Et après les avoir salués, il ressortit.

Les officiers supérieurs se trouvaient devant un dilemme. Ils connaissaient l'insoumission latente du camp, même si celle-ci était sporadique et inorganisée, et savaient que Donald en était le centre. Mais l'ennui était à l'origine de ces bêtises, or Donald combattait l'ennui. Sans lui, la situation eût été pire. C'était une question de dosage. Quand les officiers supérieurs assistaient aux débats et aux conférences, ce n'était pas – ainsi que le croyaient les soldats paranoïaques – pour les espionner, mais parce que les officiers s'ennuyaient autant qu'eux. « Le Pacte atlantique démasqué », « Où va l'Égypte ? », « L'impérialisme passé et présent ».

Dans le bureau de James, il y avait un calendrier sur lequel une grosse croix rouge marquait la date de naissance de son fils, Jimmy Reid. Il avait calculé la probable venue au monde du bébé. Il fêta en secret le premier anniversaire de l'enfant, et puis le second. Un autre séjour dans les montagnes, chez les Grant, lui permit de revoir le petit de deux ans, une explosion permanente de charme et de malice. Il adorait ce petit garçon et, quand il quitta les montagnes, il dut cacher ses larmes. Mais il est impossible que le chagrin de la perte demeure éternellement inchangé. La peine de James s'était adoucie ; elle était toujours là, mais il n'était plus terrassé par un son, une voix, la teinte du ciel vespéral, un vers de poésie, un cri d'oiseau. Il ne s'était pas rendu compte combien cet amour ou ce chagrin chéri s'était atténué mais, au moment de se séparer de cet enfant, il lui revint en plein cœur, et le colonel Grant dut lui redire :

— Doucement, James. Prenez les choses moins au sérieux.

Et Mrs Grant :

— Comme c'est mignon de voir un jeune homme s'intéresser aux enfants ! Bravo !

Ceux d'entre nous qui sont passés par de tels moments, des moments interminables, dont on ne voit jamais la fin – c'est ce qu'on croit –, savent que ce qui reste de trois, quatre années de cette durée infinie, c'est la peur de se laisser de nouveau piéger. Mais quid de la guerre, cet enchevêtrement de gens dans des réseaux de circonstances ? Rien. Des soldats en Inde… Qui eût songé, disons en 1939, alors que des discours exaltés laissaient présager la guerre, qu'une de ses conséquences serait des centaines de milliers de jeunes gens agglutinés en Inde comme des insectes sur un papier tue-mouches – sans parler de la Rhodésie, de l'Afrique du Sud, du Canada, du Kenya… – pour défendre un moindre mal contre le pire ? Personne en 1939 n'a écrit un poème commençant par : « Or, Dieu soit loué qui nous a associés à Son Heure[24] ». Donald Enright alla jusqu'à se fendre d'une conférence : « La défense du moindre mal contre le pire » et fut tancé. « Mais nous nous battons pour la démocratie ! » allégua-t-il avec un large sourire à l'adresse de ses supérieurs hiérarchiques, qui lui firent les gros yeux, mal à l'aise, guère plus désireux de se colleter avec ce problème qu'ils l'auraient été de prendre des braises à pleines mains. C'était un prodige, ce Donald Enright, avec ses concerts populaires, son Shakespeare et ses conférences. Qui pouvait le nier ? « Nous vous l'avons déjà dit, vous serrez trop le vent. — Oui, monsieur, je vous prie de m'excuser, monsieur. Je pensais plutôt à un débat sur "Problèmes de la paix : socialisme ou capitalisme ?" Cela serait-il réglementaire, monsieur ? »

On pouvait regarder le camp X, coincé là, au beau milieu de l'Inde, – à condition d'avoir un œil qui ne fût pas celui de l'armée, de l'Empire – comme un agrégat arbitraire de centaines de jeunes hommes unis seulement par leur uniforme. Ce qui était le jour sous lequel ils se voyaient par moments. Il n'y avait qu'à entendre cette chanson, sortie quelque part de l'inconscient collectif du camp :

Il y a une guerre,
Vous nous dites qu'il y a des rumeurs de guerre,
Mais où est la guerre, cette sale, sale guerre ?
Cirez vos bottes,
Vérifiez votre barda,
Garde à vous,
Repos,
Gare à ce que vous faites,
Il y a une sale guerre.

Plusieurs centaines de jeunes gens, unis par l'uniforme et le simple cadre de la discipline, les consignes du salut militaire, les « Oui, monsieur », les « Non, monsieur », les manœuvres et, dans l'intervalle, par des mois – non, des années déjà – d'officiers supérieurs et aussi de sans-grade, rendus (presque) égaux par cent occasions qui n'avaient, elles, rien de militaire : les concerts populaires, les représentations théâtrales, les conférences. Cela avait dû effilocher la trame de la discipline et ôté toute force à celle-ci, n'est-ce pas ? Eh bien, non. D'abord, les rumeurs : on nous envoie dans le Nord-Est combattre ces sales Japs. Immédiatement, ce fut comme si le camp entier se mettait brusquement au garde-à-vous. Puis, la dure réalité. C'était vrai. Le camp X pétillait de joie ; ils eussent pu aussi bien aller à une fête, pas à un danger certain et à une mort possible. Enfin ils allaient se justifier, toute la maudite folie de leur présence ici aurait un sens. Même James était aussi excité que les autres, avant de s'effondrer : son nom n'était pas sur la liste, il ne partait pas.

Il resta assis à son bureau de l'administration. Tous les autres bureaux étaient déserts. Sur chacun, une machine à écrire, des classeurs, des feuilles volantes qui tremblaient dans l'air paresseusement brassé par une douzaine de ventilateurs qui hoquetaient comme des moteurs. La bouche de James formait un vilain pli amer, et il avait l'air de manquer de sommeil. Le capitaine Haregreaves était là pour apaiser et désamorcer la crise, parce que c'était dans l'administration qu'on devait s'attendre à voir des têtes comme celles de James.

Le sous-lieutenant Reid et le capitaine Hargreaves s'appelaient par leurs prénoms, sauf en des occasions comme celle-ci.

— Tommy… commença James, toujours assis (mais, voyant le froncement de sourcil désapprobateur de son supérieur, il se leva.) Monsieur, reprit-il, ce n'est pas juste.

Le capitaine Hargreaves se borna à sourire, mais James s'obstina :

— C'est tout simplement injuste, ça ne va pas… monsieur.

Les mots « Pourquoi pas moi ? » auraient pu suivre, mais la honte les lui fit ravaler.

— Il faut bien que quelqu'un reste pour veiller au bon ordre des choses, vous le savez, sous-lieutenant. Nous ne pouvons quand même pas partir en laissant la boutique vide.

James frémissait d'indignation devant cette injustice arbitraire.

Son supérieur poursuivit :

— Dix d'entre nous seront maintenus à l'administration, plus quelques autres chez les sous-officiers.

James resta au garde-à-vous.

— Ils servent aussi, ceux qui assurent l'intendance, hasarda le capitaine, en rougissant de cet excès de sensibilité.

Il se leva à son tour.

— Partez-vous avec les autres, monsieur ?

— Oui, en l'occurrence. Je pars.

Et il s'échappa.

Plus tard, sur le chemin du mess, James croisa le major Briggs qui, à la vue de l'humeur du jeune homme, comprit qu'il devait s'arrêter. Il s'arrêta.

James lui fit le salut militaire.

— Je sais ce que vous allez dire, lieutenant. Mais quelqu'un doit rester. Et vous avez cette compétence. Vous n'avez qu'à vous en prendre à vous-même, si ça vous chante.

La plaisanterie tomba à plat. James connaissait ses compétences. Travail de gratte-papier et administration, voilà quelles étaient ses compétences !

— Ils servent aussi, ceux qui assurent l'intendance… Mais vous ne ferez pas que ça. Vous aurez à travailler dur, dirais-je.

— Mais peut-être ne servent-ils pas tant que ça, monsieur ?

— Non, je ne dirais pas cela.

Et le major mit fin à ce pitoyable dialogue, parce qu'il savait ce qu'il ressentirait si on l'avait laissé à l'arrière, au camp X. James lui fit le salut militaire. Il lui rendit son salut. Rompez !

La division leva le camp à grand renfort de trains et de camions militaires. Le camp X était presque vide. Ceux qui restaient pour assurer la permanence buvaient amèrement dans leurs divers mess, et se plaignaient tout aussi amèrement de leur sort.

James était seul à l'administration, avec tous les ventilateurs en marche et la poussière qui tourbillonnait au-dehors.

Chérie, ma Daphne chérie. Si seulement tu savais comme j'ai confiance en toi. Si tu n'étais pas au cœur de mes pensées avec ce qui m'est arrivé, alors…

Et il lui décrivait sa situation :

Je suis donc coincé ici et la division est partie, avec mon régiment. Je me demande souvent à quoi m'a servi tout ce temps passé à m'entraîner en Angleterre, puisque j'ai raté le premier débarquement de Normandie et Dunkerque, et que nous n'avons pas été envoyés non plus en Afrique. J'aurais pu tout aussi bien me faire réformer, mon genou aurait fait l'affaire, ou descendre dans les mines de charbon. Parfois, je pense que cela aurait mieux valu. Mais alors je ne t'aurais pas connue, et c'est ce qui compte, la seule chose qui compte.

Il reprenait le refrain de son amour sur une page ou deux. Puis, comme toujours, il lui parlait de ses lectures :

J'ai trouvé un beau poème. Bien sûr, tu dois le connaître. Il s'appelle « Deirdre ». De James Stephens, si je ne m'abuse. Il me fait penser à toi : « Mais il n'est plus né aucune femme/Qui fut aussi belle ; de toutes les femmes/Déjà nées il n'en est pas d'aussi belle[25]*. » Deirdre et Daphne. Tu es une reine. Ma reine Daphne.*

Et il continuait à délirer ainsi sur une page et puis une autre, jusqu'à ce qu'il fût l'heure d'aller au mess pour dîner et écouter les actualités.

Leur régiment était au feu, au Manipur et à Kohima. Il y avait eu des pertes.

Des semaines s'écoulèrent, et les soldats revinrent. Ils n'étaient plus aussi exaltés, tout ça les avait désertés ; ils en avaient vu de dures et, en se regardant mutuellement, ils savaient combien tous avaient changé.

Jack Reeves, blessé, était à l'hôpital. Une fois de plus, James perdait son ami. Le sergent Perkins allait être décoré pour acte de bravoure. Quelques-uns avaient trouvé la mort. « Pertes raisonnables pour ce qui a été accompli : nous avons chassé les Japonais de l'Inde. »

Mais on avait l'impression que la guerre tirait à sa fin, au moins en Europe. Cela allait se terminer. Sous peu. En Europe du Nord, c'est quand le printemps pointe à l'horizon, avec les jours qui rallongent et le soleil qui se lève plus tôt, que les gens sombrent dans la dépression ou songent au suicide. De même à ce moment-là, alors que la paix se rapprochait réellement de jour en jour, le camp X fermentait et bouillonnait de mécontentement. « Si proche et pourtant si loin », tel était le titre d'un poème publié dans le bulletin du camp. Avec le refrain : « Si proche pour eux, si loin pour nous », « eux » étant les officiers supérieurs, que l'on devait voir si souvent s'envoler pour le pays à bord des Dakota. Les officiers et les personnalités de marque.

Donald monta *Roméo et Juliette*; James jouait Roméo, enfin un rôle masculin. Il étonna tout le monde et ajouta plusieurs lettres au paquet destiné à Daphne, qu'il posterait dès qu'il n'y aurait plus de censure.

Il donna aussi une conférence sur la poésie moderne, que Donald écouta fièrement sur sa chaise, car il n'avait pas oublié qu'il avait été le mentor de James. Et ce n'était pas James qui l'eût démenti.

— Je te dois beaucoup, dit-il, ne crois pas que je sois prêt à l'oublier !

— Oh ! tu as été rudement bon, protesta Donald.

Fin des hostilités en Europe, alors ils pouvaient rentrer chez eux… Mais quand ? Oh, non ! Pas tout de suite, vous n'y pensez pas, les bateaux seront complets pendant longtemps encore. Vous devez attendre votre tour, vous n'êtes pas les seuls, il y a les gars de la RAF de toutes les vastes contrées de l'Empire, tant de jeunes hommes impatients, pas assez de bateaux, attendez, attendez, vous êtes coincés ici depuis près de quatre ans, non ? Encore un petit peu de patience...

Tous n'en avaient pas la force ou l'envie. Dans deux autres camps, où les troupes s'étaient entendu dire qu'elles allaient rester là, en Inde, pour « maintenir l'ordre », « réprimer les troubles », « combattre la sédition », « défendre l'Empire », la grogne éclata. « Nous ne nous sommes pas engagés pour nous charger du sale boulot de l'Empire britannique. Nous nous sommes engagés pour combattre Hitler. — Vous avez été mobilisés et vous ferez ce qu'on vous dira. »

Discours, véritables émeutes. Les camps étaient en ébullition.

Deux soldats, des « têtes brûlées », des « séditieux », passèrent en cour martiale. Mais les autorités militaires avaient entendu le message, elles en avaient tenu compte. Au Parlement britannique, une séance de questions orales fut inscrite à l'ordre du jour. Les troupes rentrèrent donc au pays.

Certains, qui n'avaient pas encore oublié le calvaire qu'ils avaient vécu sur le bateau à destination de l'Inde, n'étaient pas ravis à la perspective de la traversée de retour. Cette fois-ci, cependant, ils ne passeraient pas par le Cap – un long, très long voyage – mais par le canal de Suez.

James avait pourtant rêvé d'accoster au Cap (même si le hasard eût pu tout aussi bien le conduire à Durban), et de retrouver Daphne et son fils et de... Là, ses pensées devenaient floues. Oui, bien sûr, elle était mariée, mais elle l'aimait, lui, James, et le divorce existait, non ? L'essentiel, ce à quoi il devait se raccrocher, c'était son enfant. « Son » fils – il n'y avait pas l'ombre d'un doute là-dessus, un enfant de l'amour, il ne pouvait y avoir plus « enfant de l'amour » que le sien et celui de Daphne. Jimmy Reid, qui avait déjà quatre ans.

Des centaines de jeunes gens, qui ne connaissaient de l'Inde et des Indiens que les réalités de la vie qu'ils avaient observées sur les routes, dans les bazars ou au gré des réseaux de services qui accompagnaient l'armée – les domestiques, de jeunes Eurasiennes dont les sahibs et les memsahibs parlaient comme si c'étaient des chiens, ou les soldats indiens qui s'intégraient mal dans cette armée blanche, ou encore les blanchisseurs du camp –, ces jeunes hommes quittaient donc l'Inde sans regret, pensant dans le meilleur des cas que la guerre leur avait fourni un aperçu des voyages. Ils embarquèrent un à un sur le bateau qui devait les emmener loin d'un continent qui représentait pour eux tout ce qu'il y avait de plus malsain et répugnant. Mais cette traversée ne pouvait être aussi terrible que l'autre ; elle était juste moitié moins longue, et ils rentraient chez eux, au bercail, ce qui diminuait encore la distance. La mer était agitée, et il faisait chaud, particulièrement sur le canal de Suez ; dans le golfe de Gascogne, comme prévu, les vagues clapotantes et bouillonnantes les ballottèrent, et ils eurent le mal de mer, mais la terre natale était en vue. Enfin apparurent les falaises de Douvres, aussi blanches que Vera Lynn[26] l'avait promis.

— Comment s'est passée la traversée ? avait demandé sa mère à James.

Et il lui avait répondu :

— Oh, pas si mal ! Ç'aurait pu être pire.

Dans un train sale et bringuebalant, James avait traversé un pays en apparence privé de lumières, une vague obscurité bruineuse trouée de faibles halos lumineux. Jusque dans sa ville natale, les réverbères étaient faibles ; les fenêtres, même non masquées, montraient de petites lueurs mesquines, et il était obligé de regarder où il mettait les pieds. Quand il allumait la lumière de l'escalier, sa mère lui répétait : « S'il te plaît, seulement si tu en as besoin » ; sur le palier, une affichette jaunie disait : « Économisez l'électricité, n'allumez pas. » Son ancienne chambre, où il laissa choir son sac militaire sans l'ouvrir pour descendre plus vite retrouver ses parents, était petite, enfin elle l'avait toujours été, mais elle était si défraîchie ! Le dîner eut lieu à la cuisine parce que la porte du four laissée ouverte chauffait la pièce ; autrefois, sa mère mettait son point d'honneur à manger « convenablement » dans la salle à manger. Ils s'assirent tous les trois autour de la table où trônait un vase de feuillages d'automne, et Mrs Reid se vanta que le boucher lui avait vendu du foie « sous le manteau » en l'honneur de son retour. Elle servit trois minces morceaux de viande brune semblables à des lanières de cuir, avec des pommes de terre aux oignons. James avait eu beau se répéter, ayant lui-même grandi, que son père n'était pas vieux, Billy Reid, avec ses cheveux blancs frisottés autour de son visage rougeaud, était déjà un vieil homme, bien qu'il eût à peine cinquante ans. La mère de James se montrait déférente envers son fils et souriait tout le temps. Son étreinte, quand il était arrivé, lui avait paru plus gênée que chaleureuse. « Tu as grossi », avait-elle conclu. Mais elle ne pouvait s'empêcher de sourire, et tenta de contenir ses larmes quand il les remarqua. Son père, silencieux comme toujours, ne cessait de pousser les plats de légumes dans sa direction, l'engageant à se servir avec des hochements de tête, mais, alors que lui aussi avait les yeux humides, il ne pouvait pas desserrer les dents, même pour dire : « Dieu merci, tu es revenu », si bien que les plats de légumes devaient s'en charger à sa place.

— Prends des pommes de terre, insista Mrs Reid, au moins nous n'en manquons pas.

Dans la cuisine mal éclairée, tous les trois mangeaient en souriant et compatissaient si fort aux malheurs des uns et des autres que ce fut un soulagement quand James avoua qu'il était fatigué. Il laissa sa mère assise sous le cercle de la lampe, avec son ouvrage de crochet et la radio allumée, et son père alla au pub.

— Il va annoncer à ses copains que tu es rentré, déclara-t-elle.

Posté à la fenêtre de sa chambre, James regardait la ville obscure. En Inde, les lumières avaient un éclat éblouissant ; les ombres noires se déplaçaient avec le soleil, égrenant les heures. Il était revenu dans un pays de grisaille.

Il trouva immédiatement du travail à l'Hôtel de Ville, mais sans commencer au bas de l'échelle, grâce à ses années dans les services administratifs du camp X. C'était une bonne place. Il passait beaucoup de temps à lire dans sa chambre et prenait des repas d'une plus grande frugalité que celle dans laquelle il avait grandi : le rationnement convenait à la nature de sa mère ; elle adorait rogner sur ses tickets de bacon et faire durer leur ration de viande. La tristesse et l'obscurité de l'Angleterre d'après guerre… Enfin, il était chez lui, et c'était tout ce qui comptait. Il pensait à l'Inde et n'en éprouvait aucune nostalgie. Mis à part Jack Reeves, à qui il avait donné son adresse, Donald et le colonel Grant – et, bien sûr, le petit enfant de ses deux séjours en montagne –, il n'aimait pas se rappeler l'Inde, qui était moins pour lui un lieu qu'une volonté de résister, de tenir le coup.

Seul dans sa chambre, la porte fermée à clé, il relisait ses lettres à Daphne. Cela lui prenait des heures. Il ne voyait pas comment il pourrait les lui envoyer. Et si elles étaient interceptées ? Et si son mari… Non, il les lui remettrait en mains propres. Quand ? Dès que les énormes dégâts de la guerre auraient été colmatés et que les choses se seraient tassées.

Il revit Donald ; son ami grimpait déjà les échelons qui devaient le mener à la politique. Il rendit visite à Jack Reeves, et Jack vint le voir le temps d'un week-end. Il adhéra à un club, où il jouait un cricket simple et sympathique. Et puis il épousa Helen Gage, qui avait été ouvrière agricole pendant les hostilités et à qui cette expérience n'avait pas déplu. Quand il lui confia combien il avait attendu la fin de la guerre, il vit bien qu'elle ne comprenait pas, même si elle prétendait le contraire. C'était une jolie jeune femme, saine, solide et robuste après ses années de dur labeur, et la mère de James était ravie. Elle avait craint qu'il ne restât vieux garçon ou ne se mariât tard – elle ne savait pas pourquoi, mais ç'avait été sa secrète terreur. Elle avait redouté un autre être silencieux perturbé par la guerre, incapable de parler de ce qu'il avait vécu. James n'était pas expansif : il n'avait pas grand-chose à raconter sur l'Inde. Mais, pour les choses courantes de la vie, il était assez facile à vivre. Normal. Sa femme n'aurait pas à se réveiller en pleine nuit au côté d'un homme aux prises avec un cauchemar.

Il confessa à Helen qu'il avait eu une liaison au Cap et qu'un enfant en était issu. « Elle » était mariée. Dès qu'il serait plus facile de voyager, il irait les voir. En réalité, moins d'une semaine après son retour, il s'était déjà rendu à Londres pour se renseigner sur les voyages. Il ne devait pas y avoir de transports aériens pour les gens ordinaires avant quelque temps. Ou alors uniquement pour ceux qui pouvaient faire jouer des relations. Avait-il des relations ? Non. Il lui faudrait donc attendre. Ce n'étaient pas seulement les soldats et les gars de l'armée de l'air qui rentraient encore au pays, alors que les bateaux redevenaient disponibles, mais tout le monde était par monts et par vaux ou ne rêvait que de l'être, après des années d'immobilité forcée due à la guerre, ou à cause des nouveaux emplois offerts à l'étranger. Il pouvait compter sur une bonne attente. Des mois, non. Des années plutôt.

Mais il s'était déjà écoulé des années. Il avait appris à attendre. Puisqu'il existait hors du temps, un amour comme le leur devait durer. Les bras blancs de Daphne seraient toujours là pour l'accueillir, et les années de séparation seraient vite oubliées.

Helen lui demanda quel âge son « enfant de l'amour » devait avoir maintenant. C'était généreux de sa part d'employer ce mot, et il l'en remercia d'un baiser avant de lui dire son âge exact au jour près. Jusque-là Helen n'avait eu aucune raison d'avoir ne serait-ce qu'un moment de doute : ce fut son premier choc, et il était brutal. Elle avait touché quelque chose de profond et de dangereux, et elle le savait : c'était comme une de ces portes qu'on ouvre négligemment en rêve pour trouver un logis, un monde, un paysage plus vaste, plus large, plus lumineux ou plus sombre que celui que l'on connaît. Elle faillit rompre séance tenante. L'expression qu'il avait eue en lui en parlant était une expression qu'elle ne lui connaissait pas, rigide, renfermée sur un univers auquel elle ne pourrait jamais accéder. Cet instant donnait du relief à d'autres impressions qu'elle avait eues à propos de James et qui n'étaient pas faciles à formuler. Elle y avait renoncé. « Mais il est à moi, non ? », pensa-t-elle. Non, il n'était pas à cette autre. « Il dit qu'il m'aime... » Et il n'y avait pas de doute, elle était très amoureuse de lui. Elle aussi avait eu ses aventures. Le temps de guerre est prodigue en « liaisons », sans parler des peines de cœur. Elle n'avait pas eu de peines de cœur ni rien d'approchant, mais un des hommes qu'elle avait aimés, bien que fugitivement, avait été tué en Normandie. Elle savait qu'elle avait surmonté l'épreuve, mais en se confiant à James, à sa grande surprise, elle avait éclaté en sanglots et cherché le refuge de ses bras pour pleurer. Elle ne pleurait pas tant un homme que des hommes fauchés par la mort : son amant, son frère (disparu en mer), un cousin (à Tobrouk). Et puis il y avait eu aussi un ami, un pompier tué pendant le blitz... Des vies inachevées.

Il la réconforta, et vice-versa. Mais elle savait que quelque chose qui lui échappait rongeait le cœur de son amant. Quel âge avait-il ?

— Presque six ans. Cinq ans, onze mois et dix jours.

Un mariage donc, assombri par les pénuries d'après guerre.

Ils faisaient tout comme il faut. Le dimanche, ils allaient déjeuner chez les parents de James et, comme ceux d'Helen habitaient loin, en Écosse, ils leur rendaient visite pendant les vacances. Ils eurent un enfant, une fille, baptisée Deirdre à cause du poème de James Stephens sur la reine irlandaise. Helen aimait bien ce poème, mais disait par plaisanterie que c'était beaucoup demander à leur petite fille d'être aussi belle que cela. Mais Deirdre était plutôt jolie.

Huit ans après la fin de la guerre, James annonça à Helen qu'il partait pour l'Afrique du Sud. Il aurait pu y aller avant, mais cela aurait impliqué le bateau, or il ne remettrait plus jamais les pieds sur un bateau. Plus jamais. Il avait donc dû prendre l'avion et attendre d'en avoir les moyens. Elle savait que cela ne servait à rien de soulever des objections. Il ne parlait jamais de son autre enfant à moins que ce ne fût elle qui l'interrogeât, mais tout ce qu'il trouvait alors à répondre c'était : « Il a sept ans, trois mois et dix jours. » Ou tout autre âge qu'il avait à ce moment-là. Parfois, elle vérifiait, juste pour voir si ce calendrier invisible courait toujours en lui pour marquer... Quoi ? Elle l'ignorait. Ce n'était pas seulement l'âge exact de l'enfant qui était en question.

L'avion de James fit escale à Khartoum, au lac Victoria et à Johannesburg, avec un battement suffisant à chaque fois pour faire le plein de carburant et de vivres. Ce vol qui n'en finissait pas lui semblait tenir du miracle, quand il se remémorait son autre voyage. La ville du Cap, enfin, étalée sur ses montagnes et entourée d'eau. Il trouva un petit hôtel d'où il avait vue sur la mer. La mer pour l'heure innocente, pleine de bateaux, dont un paquebot à la peinture flambant neuve. Puis, un gros colis sous le bras, il monta, par des rues dont il n'avait aucun souvenir, jusqu'à un endroit dont, en revanche, il se souvenait parfaitement : les deux grosses maisons côte à côte, dans une rue composée entièrement de villas avec jardins. Sur le portail où on aurait dû lire « Wright », il lut le nom inconnu de « Williams ». Le montant du portail voisin, lui, portait toujours celui de « Stubbs ». James battit en retraite sous un chêne, de l'autre côté de la rue, et contempla longuement la demeure de Daphne qui luisait dans sa mémoire sous forme de zones d'intensité lumineuse : le recoin qui lui avait été attribué, la chambre de Daphne et la galerie, tout le reste étant obscur. Une vieille dame, avec un livre, monta dans la galerie – le *stoep*. Elle s'assit dans un fauteuil d'osier, mit des lunettes noires et regarda la mer. Il n'y avait pas d'autre signe de vie. Alors il observa la maison de Betty, dont il ne se rappelait que le jardin. Il voyait des silhouettes aller et venir derrière les fenêtres donnant sur la galerie. Une bonne ? Une femme noire au foulard blanc. Mais il ne la distinguait pas nettement. Il retraversa la rue, poussa délicatement le portail et s'arrêta sous l'arbre qui, dans son souvenir, avait abrité les tréteaux, chargés de victuailles et de boissons, et une cohue de gens. Des soldats. L'arbre jumeau dans le jardin mitoyen restait à jamais gravé dans son esprit à cause des deux belles jeunes femmes en peignoirs fleuris, une brune et une blonde, qui se tenaient dessous, debout dans l'herbe.

Quelqu'un était apparu sous la galerie des Stubbs. Une grande femme. Elle s'abritait les yeux pour le regarder d'un air interrogateur et descendit lentement les marches à sa rencontre. Il ne la reconnut pas. Elle s'arrêta à quelques pas de lui, laissa retomber sa main et se pencha en avant pour bien voir. Puis elle se redressa et, les bras ballants, se figea dans une pose qui éveilla un écho dans la mémoire de James. Une grande femme mince. Elle portait une robe aux petits motifs géométriques bleu et jaune, courte et ajustée, avec une fine ceinture aux bordures dorées, et un rang de perles d'or. Son visage était émacié et hâlé, et ses cheveux sombres soigneusement crantés. Un jonc d'or pendait à son poignet maigre. Oui, il la reconnaissait à présent, grâce au bracelet : c'était Betty. Elle lui adressa la parole :

— Que faites-vous ici ?

Cette question lui parut si absurde qu'il se borna à sourire. Il crut que, malgré son air sérieux – on aurait dit une maîtresse d'école ou la directrice de quelque chose –, son interlocutrice allait répondre à son sourire, mais celle-ci fronça alors les sourcils.

— James… C'est bien James ?… Alors il faut vous en aller.

— Où est Daphne ?

Un silence accueillit sa réponse, suivi d'une brève expiration. Le soupir de quelqu'un qui a retenu son souffle.

— Elle n'est plus là.

— Où est-elle ?

Elle s'avança d'un pas. Déjà saisi d'angoisse, il songea que cette grande femme sèche, dépourvue de charme, avait été la ravissante créature aux cheveux bruns dénoués et aux robes fluides et soyeuses de son souvenir.

— Il faut que je voie Daphne.

— Je vous l'ai dit, elle n'est plus là.

— Mais où est-elle ?

— Elle n'habite plus ici.

— Je le vois bien. C'est écrit sur le portail. Est-elle toujours au Cap ?

Une légère hésitation.

— Non.

Ainsi, elle mentait.

— Je saurai bien où elle habite.

Ce n'était pas une menace, mais une manière de rappeler qu'il ne dépendait pas d'elle pour avoir des renseignements.

Une certaine agitation la gagna alors. Elle leva même ses avant-bras bruns et maigres, pressa ses longues mains sèches contre sa poitrine.

— James, dit-elle, pressante, implorante, effrayée. Vous ne devez pas la chercher. Pourquoi faites-vous cela ? Voulez-vous détruire sa vie ? Voulez-vous briser son mariage ? Elle a trois enfants maintenant.

— L'un d'eux est de moi.

Elle n'avait pas l'air disposée à discuter ce point.

— Vous revenez comme si c'était normal, vous surgissez comme si rien n'avait changé. Vous rappliquez et…

— Je veux voir mon fils. C'est bientôt son anniversaire, son douzième anniversaire.

Et il précisa l'âge exact de son fils au jour près.

Elle ferma les yeux. Ses paupières ressortaient en blanc sur son visage hâlé. Elle eut une profonde inspiration ; elle était bouleversée. Il attendit qu'elle rouvrît les yeux. Betty avait des yeux d'un marron intense, se souvenait-il, de doux yeux marron dans un visage souriant, légèrement bruni ; il la surnommait à l'époque la « demoiselle noisette ». Enfin, ses yeux n'avaient pas changé, et ils étaient pleins de larmes. Pas méchants, non, ils étaient toujours aussi doux.

— James, voulez-vous donc détruire la vie de Daphne ?

— Non, puisque je l'aime.

— C'est pourtant ce que vous allez faire si vous vous entêtez dans cette voie.

— Je veux voir mon fils.

— Mais vous devez bien comprendre…

Elle s'interrompit. Encore ce soupir, presque un hoquet. Ah, oui ! Elle avait peur. Naturellement. Et elle était sur ses gardes, combative : elle protégeait sa complice d'antan.

— La voyez-vous toujours ?

— Bien sûr, c'est ma meilleure amie.

Il montra son gros colis informe, ses lettres. Il le lui tendit.

— Qu'est-ce que c'est ?

— Mes lettres. Je lui ai écrit, voyez-vous. Je lui ai toujours écrit. Pendant la guerre, il y avait la censure. Et puis je ne voulais pas… Lui créer d'ennuis. Alors je les ai apportées.

Elle ne fit pas un geste pour les saisir.

Il resta obstinément là, à tendre son paquet : l'insistance de sa demande attira la main de Betty comme un aimant. Elle hésita, puis prit les lettres.

— Les lui remettrez-vous ?

— Je pense.

— Me le promettez-vous ?

Ils échangèrent un regard, puis Betty baissa les yeux vers le paquet.

— Oui, je vous le promets.

— Mon fils, insista-t-il. C'est mon fils. Je pense à lui… Oui, tout le temps. Peut-être viendra-t-il nous rendre visite en Angleterre ?

— Vous êtes fou. Oui, vous êtes complètement fou.

Mais elle serrait le paquet contre son cœur.

— Vous me l'avez promis, lui rappela-t-il.

Elle recula de deux pas, puis lui tourna le dos et se sauva, mais elle lui cria par-dessus l'épaule :

— Attendez, attendez-moi là !

Il attendit, sans regarder du tout la galerie où la vieille dame était désormais plongée dans sa lecture, ses lunettes noires remontées sur le front.

Au bout d'une bonne vingtaine de minutes, la bonne émergea de l'intérieur de la maison : petit tablier blanc, foulard blanc, physionomie soucieuse. Elle s'arrêta à sa hauteur et lui tendit une grande enveloppe. Pendant qu'il la déchirait pour l'ouvrir, elle ne bougea pas. Elle lorgnait son contenu du coin de l'œil. Des profondeurs de la maison résonna la voix de l'invisible Betty :

— Evelyn, j'ai besoin de vous.

Prenant son temps, sans quitter l'enveloppe des yeux, la bonne tourna les talons pour repartir en jetant de longs regards songeurs par-dessus son épaule.

Dans l'enveloppe se trouvait une feuille de papier à lettres sur laquelle étaient griffonnés les mots suivants :

Je vous en prie, je vous en prie, partez. Partez tout de suite. Je vous en prie, ne lui faites pas de mal. Voici votre fils.

Une photographie représentant un garçonnet d'une huitaine d'années, debout tout seul, souriant, jambes écartées. Elle lui rappela une photo de lui à peu près au même âge. Un format correct pour un simple instantané. En noir et blanc, bien sûr, de sorte qu'on ne pouvait pas savoir la couleur des yeux. Mais si le reste ressemblait à James, alors pourquoi pas les yeux ? Et puis Daphne aussi avait les yeux bleus.

Il prit son temps pour ranger la photographie et la feuille de papier. Il se mit brusquement au garde-à-vous et salua l'invisible Betty qui l'épiait, il le savait. Il repartit, descendit la rue à pas lents, en restant à l'ombre des arbres, comme il avait appris à le faire en Inde, où la chaleur assommait et brûlait au lieu d'être douce comme ici.

C'était par une belle journée au Cap, en fin de matinée. Un petit nuage d'un blanc éclatant flottait au-dessus de la célèbre montagne de la Table : sa non moins célèbre nappe. Il descendait toujours, jetant des regards distraits à la mer qui scintillait paisiblement en contrebas. Il marchait gauchement, on le regardait. Il s'assit sur un banc dans un lieu public quelconque, puis se releva et se remit en marche, en trouva un autre, s'y installa, ressortit la photographie et la fixa un long moment.

Il n'arrivait pas à se calmer. Il se mit à marcher vite et sans but, et se retrouva sur une sorte de marché ; sous les arbres, de longues planches posées sur des tréteaux offraient des fruits secs de toutes espèces : pêches, abricots, poires, prunes, pommes. Des mètres et des mètres de fruits, chaque étal avec sa marchande, qui était noire ou au moins café au lait, jamais blanche. Des fruits jaune pâle, terre de sienne, violacés, noirs ; d'autres rouges, et brun clair, et aussi dorés, et roses, et verts. Certains étaient confits, leurs coloris transparaissaient sous leur croûte blanche de sucre glacé. Une vision d'abondance. Il choisit une reine-claude, la mit dans sa bouche, entendit la protestation du vendeur, s'avisa qu'il devait payer et acheta pour deux livres d'un mélange de fruits confits. « Helen va se régaler », se dit-il.

Il s'éloigna, monta des rues, en descendit d'autres. Toutes étaient bondées, mais il ne voyait personne. Il s'asseyait sur les bancs pour contempler la photo du petit garçon qui aurait pu aussi bien être lui au même âge, remettait la photo à sa place, repartait. Il avait le diable au corps, ne tenait pas en place. Le crépuscule tombait. Il tournait dans des ruelles qui dégageaient une chaude odeur épicée; c'était le quartier malais. Mais, dans son esprit, Le Cap ne se définissait pas par des secteurs. C'était une ville riante et étendue, un cap de Bonne-Espérance rayonnant de bienvenue, comme les timbres qu'il collectionnait enfant. Il aperçut une échoppe, s'acheta un beignet poisseux, le mangea debout pendant que l'homme de couleur lui rappelait de payer. Oh, oui! cela devait être de l'afrikaans, pensa-t-il, en donnant une poignée de monnaie au marchand. Puis il fit nuit. Il se trouvait dans un square. Il vit un banc, s'affala aussitôt dessus et se recroquevilla de côté, dans un spasme de tout son être. La douleur avait fini par le submerger. Il avait peur de crier, peur que les gens viennent. Aussi tâchait-il de ne pas bouger, ayant mal partout à cause de la tension occasionnée par sa position.

Il songea à Betty dans sa détestable toilette de dame. Cette scène était déjà du passé, enfuie à jamais, et s'il ne décidait pas de s'en souvenir, elle n'aurait aucune existence. Pourquoi cette image-là serait-elle donc plus réelle que celle qu'il aimait à évoquer, les deux belles femmes sous l'arbre? Parce qu'elle était plus récente? Les deux étaient des scènes éclatantes, dont le moindre détail restait gravé dans sa mémoire : pour lui, seule l'une d'elles était la vérité. Et il pensait à Daphne, quelque part dans cette ville, peut-être à guère plus de cinq minutes à pied. Et pourtant ni rien ni personne ne pouvait être plus lointain. Seuls ses souvenirs d'elle lui étaient plus proches.

Il prit conscience qu'il y avait quelqu'un d'autre sur le banc. Il ne leva pas les yeux.

Elle le regardait toutefois : elle, c'était Annette Rogers, qui avait fini son service au *Fairview Hotel*, un bon hôtel, et marquait une halte sur le chemin du retour comme elle le faisait tous les soirs sur ce banc. La situation à la maison laissait à désirer, c'était le moins qu'on puisse dire, et avant de pouvoir l'affronter, elle avait besoin de rassembler son courage. Cet homme à côté d'elle, était-il malade ? Son visage était blême, ses lèvres exsangues à force d'être serrées, ses yeux clos ; tout en lui était tendu et contraint. « Il doit s'ankyloser dans cette position », pensa Annette. Elle se pencha en avant.

— Hé, excusez-moi, je ne veux pas être indiscrète, mais êtes-vous souffrant ?

Il secoua la tête, sans ouvrir les yeux. Elle se rapprocha un peu plus et souleva la main crispée du malheureux, qui devint molle dans la sienne. Elle était glacée. C'était pourtant une belle soirée chaude. Annette continua à lui tenir la main, tentant de lui prendre le pouls à son insu. Mais il s'en aperçut et murmura :

— Je vais bien.

Pourtant, visiblement, il n'allait pas bien.

Le malheur était quelque chose à quoi elle était habituée : on pouvait même dire qu'elle avait le chic pour ça. Elle se mit à examiner son voisin, en quête d'indices. Ses vêtements étaient de qualité : ça alors, voilà un veston vraiment élégant, il avait dû coûter bonbon. Son pantalon était d'une belle étoffe. Sa chemise – non, il avait de quoi se payer à manger. Mais son visage, il était tout simplement pathétique. Si ce n'était pas une question d'argent, peut-être était-ce un deuil…

Elle se rapprocha un peu plus et posa sa main sur son épaule. Quelque chose chez lui l'incita alors à lui glisser son autre bras sous la tête. Elle le berçait, sans savoir comment elle en était arrivée là. Elle commençait à s'inquiéter de son propre sort. Son mari jaloux... Si d'aventure il passait par là et la voyait tenir un autre homme dans ses bras, elle pouvait être sûre de payer cet écart par quelques bleus. Elle continua pourtant à cajoler l'inconnu.

— Hé, écoutez, ne vous laissez pas aller ainsi. Ça ne peut qu'aggraver les choses.

Il ouvrit les yeux. Des yeux bleus. D'un bleu intense, même dans cette semi-obscurité.

— Vous voyez, articula-t-il, je ne vis pas ma vie. Ce n'est pas ma vraie vie. Je ne devrais pas vivre comme je le fais.

Cette complainte peut être entonnée – ou pensée – par toutes sortes de gens. Des requêtes adressées au destin, ou à Dieu, et qui vont du raisonnable à l'absurde : « Oh ! J'aimerais ne jamais être né ! », « J'aimerais être un aristocrate au XVIIIe siècle », « J'aimerais ne pas être infirme »... Mais celle qui revient le plus fréquemment est celle qu'Annette Rogers avait instantanément reconnue, elle avait un sens à ses yeux. Sa vie à elle n'aurait certainement pas dû être remplie par un mari violent, une mère sénile et deux adolescents déchaînés. Sa vie – mais il y avait plusieurs variantes de son rêve –, sa vie préférée, c'était une petite maison au bord de la mer, comme celles qu'on voyait à la sortie du Cap, et elle y vivrait avec un homme dont les traits restaient flous, même si elle savait qu'il était gentil.

Un homme gentil, oui, et ils vivraient là paisiblement, dans la bonne humeur. Ils se nourriraient de poissons, cultiveraient des légumes et auraient des arbres fruitiers.

— Savoir qu'on vit une vie mensongère, qu'on ne vit pas sa vie, c'est une chose terrible.

Il se mit alors à pleurer avec des sanglots brefs, pendant qu'elle le tenait dans ses bras. Il était temps de rentrer à la maison, il le fallait, sinon elle allait s'en prendre une. Oh, oui ! elle pouvait y compter. Mais elle ne déserta pas son poste.

Annette était une grande femme corpulente, avec des cheveux blonds secs, roulés sur la nuque à la Betty Grabble ; c'était son mari qui l'obligeait à se coiffer ainsi. Elle portait des chaussures pour pieds sensibles, accessoire nécessaire pour son travail, qui consistait à s'occuper de tout un étage du *Fairview* : elle devait rester debout du matin au soir.

Alors elle releva cet homme de force, parce qu'il était raide d'être resté assis dans cette position tordue. Elle glissa sa main sous son bras et le traîna jusqu'à son hôtel par des rues éclairées et animées. Le *Seaview*. Il pouvait sûrement s'offrir autre chose, vu les vêtements qu'il portait !

Il avait laissé son paquet de fruits confits sur le banc, où un clochard les trouverait plus tard.

Elle attendit qu'il eût retrouvé ses esprits, puis poussa la porte et pénétra dans un hall douteux et mal éclairé. Elle applaudit intérieurement la maîtrise de soi de son protégé, qui le porta à prendre sa clé à la réception et à gravir l'escalier métallique qui aurait été plus à sa place dans un entrepôt. Elle savait qu'il ne se retournerait pas pour lui sourire, ou seulement montrer qu'il était conscient de sa présence : il était trop absorbé par ce qui l'obsédait. « Qu'est-ce que je ne donnerais pas pour savoir ce qui le ronge, mais je ne le saurai jamais ! » Une dernière fois, elle entrevit son visage dévasté.

Annette rentra chez elle avec deux heures de retard.

Quant à lui, il n'avait gardé aucune image de la gentille inconnue qui l'avait, c'était son impression, aidé à tenir le choc. Son souvenir d'Annette Rogers se limitait à des bras qui le serraient : le havre d'une étreinte.

James et Helen continuèrent leur vie modèle. Il était désormais responsable d'un service municipal, et le bien-être de bon nombre de ses concitoyens dépendait de lui. Elle, de son côté, jouait un rôle éminent dans toutes sortes d'œuvres caritatives locales. Il jouait toujours au cricket. Elle enseignait la gymnastique et la danse moderne. Ils étaient membres d'un club de randonnée et partaient pour de longues excursions avec leur fille, qui travaillait bien à l'école.

Le père de James décéda. Sa mère éteignit immédiatement la radio, rangea son tricot et son crochet dans un tiroir et loua sa maison. Elle voyagea dans toutes les îles Britanniques, puis en Europe. Avec un groupe de veuves joyeuses, elle faisait de longues croisières ou visitait des îles exotiques en avion, envoyant toujours des cartes postales à James et Helen. Son fils en avait un plein carton.

Pas une lettre n'arrivait à la maison sans qu'il y jetât un rapide coup d'œil. Helen savait ce qu'il guettait. Elle lui assura qu'elle comprenait. Il s'efforçait d'être toujours le premier à répondre au téléphone. Il lui avait même montré la photo du petit garçon, qui avait autant de réalité pour elle que celles qu'elle avait vues de son mari enfant.

Une nouvelle expédition au Cap était prévue. Helen proposa de l'accompagner. Il ne s'y opposa pas.

Deirdre avait changé du jour au lendemain, semblait-il. Leur petite fille gentille et posée s'était transformée en un être cruel, méprisant, rancunier, qu'ils ne reconnaissaient pas.

— Oh là là ! Les hormones, murmura Helen.

Invitée à les suivre au Cap, Deirdre déclara qu'elle préférerait mourir.

— Je ne veux plus vous voir ! cria-t-elle, dans une de ces formules de la révolte des jeunes des années soixante. Je vais habiter chez mon amie Mary.

Estimant qu'elle aurait dépassé ce stade à leur retour, James et Helen partirent sans elle, soulagés.

Il y avait déjà des vols Londres-Salisbury-Johannesburg ; les deux célèbres escales intermédiaires avaient disparu.

Au Cap, ils descendirent dans un bon hôtel ; James tint à ce qu'il fût situé suffisamment dans les hauteurs pour avoir vue sur la mer. Helen fut enchantée par la ville. Comment ne pas l'être ? Ils suivirent la côte, cette côte incomparable, ils visitèrent des parcs, escaladèrent la montagne de la Table et circulèrent en voiture au milieu des vignobles. James voulut l'emmener à un endroit où il se rappelait avoir vu, il en était sûr, des tréteaux chargés de fruits de toutes espèces, de toutes couleurs, sans pouvoir jamais le retrouver : une politique d'hygiène publique rigoureuse avait sévi entre-temps.

Elle remarqua avec quelle attention il regardait tous les visages dans les parcs, à l'hôtel, dans les rues. Et elle faisait comme lui, elle guettait dans la foule une version plus jeune de James. Ce devait être un jeune homme à présent, un très jeune homme, comme sur les photos où James posait en uniforme.

Jour après jour. Et puis James suggéra qu'ils devraient aller à l'université. On était alors en pleine période scolaire. Ils déambulèrent partout, dévisageant chaque jeune homme qu'ils croisaient : Jimmy Reid, James en plus jeune, marchant à leur rencontre ou en groupe. Ou avec une jeune fille. Cela leur prit la journée. Puis James voulut y retourner un jour de plus. Après quoi il serait temps de quitter le Cap.

Mais Helen lui dit :

— Écoute, James, tu ne dois pas abandonner la partie. Un jour, il y aura bien un mot ou un coup de téléphone… Ou nous irons ouvrir et il sera là.

Il sourit. Elle n'était pas au courant du gros paquet de lettres. Il était certain que Betty avait tenu sa promesse : elle avait promis, oui, promis. Daphne devait avoir lu ces lettres écrites pour elle, et qui contenaient le meilleur de lui-même, son essence, sa réalité. « Ce que je suis vraiment. » Il le fallait. Mais si elle avait parlé à son fils, à leur fils, alors il aurait déjà dû recevoir ce mot, ce coup de téléphone, ce coup de sonnette.

Il avait vingt ans. Vingt ans et tant de mois et de jours. S'il savait la vérité, il était assez grand pour prendre une décision !

— Tu verras, murmura Helen. Ça finira par arriver un de ces jours.

Ils étaient couchés, et elle devinait sa pensée parce qu'il fixait le vide dans l'obscurité, comme cela lui arrivait si souvent.

Il lui passa un bras autour des épaules et l'attira contre lui par gratitude pour sa tendresse, sa loyauté, son amour. Mais au fond de lui-même, secrètement, cruellement, il pensait : « Si on peut appeler ça de l'amour... »

Notes

1. *La Nouvelle Pensée socialiste.* (*N.d.T.*)

2. Communiste, éditeur et poète (1909-1995), dont quelques œuvres ont paru en français : *Autobiographie* (1993), *L'Idiot et la Princesse* (1997), *Littérature engagée* (1998) et *Le Temple* (2001). (*N.d.T.*)

3. Titre qu'on pourrait traduire par « En attendant Gaucho », première pièce de Clifford Odets (1936-1963). (*N.d.T.*)

4. Héros éponyme d'une trilogie de James T. Farrell (1904-1979) inédite en français : *Young Lonigan* (1932), *The Young Manhood of Studs* (1934) et *Judgment Day* (1935). (*N.d.T.*)

5. « *I think continually of those who were truly great* », poème de Stephen Spender. (*N.d.T.*)

6. « Jonquilles », traduction de Catherine Réault-Crosnier du poème 530 de William Wordsworth (*The Complete Poetical Works*). (*N.d.T.*)

7. « *Strange Meeting* » (« Étrange rencontre »), poème de Wilfred Owen, héros de la Grande Guerre. (*N.d.T.*)

8. *Goodbye to All That*, souvenirs de la Première Guerre mondiale de Robert Graves (1929), livre inédit en français. (*N.d.T.*)

9. Référence au 1er vers d'un poème de Rudyard Kipling, « *The Ballad of the East and West* » : « *Oh, East is East, and West is West, and never twain will meet...* » (« Ballade de l'Est et de l'Ouest » : « Oh, l'Est est l'Est, et l'Ouest l'Ouest, et jamais les deux ne se rencontreront... »). (*N.d.T.*)

10. « *Loveliest of trees, the cherry now/Is hung with bloom along the bough* », in « *A Shropshire Lad* » (« Un gars du Shropshire »), poème d'Alfred Edward Housman (1859-1936). (*N.d.T.*)

11. « *I went out to the hazel wood/ Because a fire was in my head* », in « *The Song of Wandering Aengus* » (*The Wind among the Reeds* de William Butler Yeats, 1899). (*N.d.T.*)

12. « *When our souls have left this mortal clay,/ And seeking mine, you think mine is lost –/ Look me first in that Elysian glade...* », « *Birds* » (« *Les Oiseaux* »), William Henry Davies (1870-1940). (*N.d.T.*)

13. « Clark le Chic, le Smart. » (*N.d.T.*)

14. « Poil de Carotte ». (*N.d.T.*)

15. William Shakespeare, *La tragédie de MacBeth*, acte I, scène 3, in *Œuvres complètes*, La Pléiade, Gallimard, 1959 (trad. de Maurice Maeterlinck). (*N.d.T.*)

16. « P'tite Miss Muffet », comptine anglaise : « *Little Miss Muffet sat on her tuffet,/ Eating her curds and whey…* » (« P'tite miss Muffet, assise sur son pouf,/ Mangeait son lait caillé sucré… ») (*N.d.T.*)

17. Chanson interprétée, entre autres, par Frank Sinatra (en français : « La nuit est jeune et tu es si belle… », et plus bas : « La lune est si haute, et toi si séduisante »). (*N.d.T.*)

18. Chanson de Mal Hallett (1937). « Bouh ! je pleure à cause de toi et de tout ce que tu fais… », et plus bas : « Tu m'as laissée tomber, tu m'as laissée en larmes à l'église… » (*N.d.T.*)

19. Chanson de George et Ira Gershwin (1926) : « Ô douce et belle dame, sois bonne, ô ma dame, sois bonne pour moi… » (*N.d.T.*)

20. « *The* tumult *and the shouting dies,/ The Captains and the Kings depart.* » Cf. « *Recessional* » (« Hymne »), ode de Rudyard Kipling à la gloire de l'Empire britannique, publié dans le *Times* du 17 juin 1897. (*N.d.T.*)

21. Allusion à un célèbre distique du poème d'Alfred Tennyson, « La Charge de la Brigade légère », qui continue ainsi : « Il n'y a qu'à faire et mourir » (« *Their's not to reason why,/ Their's but to do and die* »). (*N.d.T.*)

22. « *Cities and Thrones and Powers/ Stand in Time's eye,/ Almost as long as flowers,/ Which daily die :/ But, as new buds put forth/ To glad new men,/ Out of the spent and unconsidered Earth/ The Cities rise again.* » Cf. « *Cities and Thrones and Powers* » (« Cités, trônes et puissances »), autre poème de R. Kipling. (*N.d.T.*)

23. Robert Clive, baron Clive de Plassey. Général britannique (1726-1774), entré en 1743 au service de la Compagnie des Indes, il fut le fondateur de l'Empire anglais aux Indes. (*N.d.T.*)

24. « *Now, God be thanked Who has matched us with His hour…* ». Cf. « Paix », in *Si je meurs… 1914 et autres poèmes*, Rupert Brooke, Paris, Bartillat, 2003. (*N.d.T.*)

25. James Stephens était un poète irlandais admiré de James Joyce. « *But there has been again no woman born/ Who was so beautiful; not one so beautiful/ Of all the women born* » (1923). (*N.d.T.*)

26. Allusion à la chanson *White cliffs of Dover* de Vera Lynn (1941), idole des forces armées pendant la Seconde Guerre mondiale. (*N.d.T.*)

Imprimé en Italie par Puntoweb srl
Dépôt légal : juin 2009